N & K

Silvio Huonder

Valentinsnacht

ROMAN

Nagel & Kimche

Der Verlag dankt dem Migros-Kulturprozent
für seine freundliche Unterstützung

1 2 3 4 5 10 09 08 07 06

Herstellung: Meike Harms und Hanne Koblischka
Satz: Satz für Satz. Barbara Reischmann
Druck und Bindung: Friedrich Pustet
Printed in Germany
ISBN-10: 3-312-00379-2
ISBN-13: 978-3-312-00379-2

JUNI

Ewigkeiten kommen und gehen
– ich schau mich nur um

ANNETT LOUISAN

Es war ein Versehen, sagt Paulmann.
Als ob sich zwei fremde Menschen an einer beliebigen Straßenecke angerempelt hätten. Reiner Zufall, nichts weiter. Unter normalen Umständen hätten sie einander leicht befremdet angeschaut, für die Unachtsamkeit um Verzeihung gebeten und wären ihrer Wege gegangen. Jeder für sich. Jeder allein.

Aber diesmal kam es anders. Als wären sie dazu verdammt worden, einander nicht mehr von der Seite zu weichen, ob es ihnen nun gefiel oder nicht. Als hätten sie von diesem Augenblick an nur noch als Teile eines neuen Ganzen fortleben dürfen, als Hälfte eines Paares, Mann und Frau, für den Rest ihres Lebens und vielleicht sogar darüber hinaus. Und dies aufgrund einer derart beliebigen, zufälligen Begegnung. Es fällt ihm schwer, das zu verstehen.

Ihre gemeinsame Geschichte begann im Juni des letzten Jahres. Es war ein schöner Juni, warm und sanft, wie man ihn sich eben wünscht in diesen Breitengraden.

Inzwischen ist es Winter, Sonntagabend, der vierzehnte Februar, um genau zu sein, zweiundzwanzig Uhr, kalt und dunkel. Die Temperatur ist auf minus siebzehn Grad gefallen. Paulmann hat die Hände in den Taschen seines Wollmantels vergraben, den Kragen hochgeschlagen und die Mütze über die Ohren gezogen. Unter den Schuhen knirscht der ausgestreute Sand. Der Wind treibt Prisen pulverfeinen Schnees über die dunkelgrauen Gehwegplatten. Schaumkronen auf sturmgepeitschtem Ozean, durch das Fenster eines Flugzeugs betrachtet. Paulmann liebt die Kälte, den klirrenden Frost, wenn der graubraune amorphe Matsch des vergangenen Jahres, das verfaulte Laub und abgebrochene Äste in klaren Formen erstarren und von kristallinen Strukturen bedeckt werden, von Raureif, Schnee und Eis. Kälte ist von berauschender Schönheit.

Um diese Zeit, am späten Sonntagabend, fahren hier keine Autos mehr vorbei. Es ist still in der Straße.

Winterstill, sagt Paulmann.

Heute erscheint es ihm wie ein flüchtiger und zufälliger Augenblick, der ihn im vergangenen Juni in ein anderes Dasein katapultiert hat. Ein geringfügiger Anlass mit gravierenden Folgen. Wenig hätte es gebraucht, und das Jahr wäre anders verlaufen. Es gab unzählige Gelegenheiten für eine andere Entwicklung. Ein Blick in eine andere Richtung, ein Wort, irgendeine kleine Ablenkung hätte ihn zu etwas anderem veranlassen können.

Vielleicht, wer weiß.

Wie heißt es doch? Erstens kommt es anders ... Den beharrlich geplanten oder sehnsüchtig erwarteten Ereignissen messen wir naturgemäß viel Wert bei. Den zufälligen Dingen hingegen schenken wir wenig Aufmerksamkeit. Dabei offenbart sich in den launischen Arabesken des Schicksals die Schöpfung schöner, sagt Paulmann, als in all den Lebensplänen und großartigen Gesellschaftsentwürfen.

Der Schmetterling auf ihrem blassen Knie.

Wie der Zitronenfalter an der Sonne langsam seine leuchtend gelben Flügel spreizte, während sie ihm dabei zusahen. Und wie er aus unerfindlichen Gründen plötzlich aufflatterte und sich im launenhaften Zickzackflug über den staubigen ausgetrockneten Rasen des Parks entfernte, einmal höher stieg und sich dann wieder fallen ließ, zurückkehrte, dann in der entgegengesetzten Richtung davonwirbelte und hinter den Berberitzensträuchern verschwand.

Jetzt ist es Winter und später Abend und kalt, und niemand ist mehr in dieser Gegend unterwegs. Der pulvrige Schnee unter Paulmanns Füßen weht in dieselbe Richtung, in die ihn seine Schritte führen. Vielleicht wird schon morgen von ihm verlangt werden, dass er seine Angehörigen benachrichtigt. Ein nüchternes, sachliches Wort: Angehörige. Er geht die Straße entlang und denkt an seine Mutter am Bodensee. An ihren pflegebedürftigen Lebensgefährten. Paulmann denkt an seine frühere Freundin Sophie, die nun in Straßburg lebt. An Arne, an Kollegen aus dem Institut. An die Teilnehmer des Wetterturniers im Internet. Sind das Freunde? Wie wäre das zu definieren? Als er ein Junge war und von seinem Vater mit dem richtigen Namen Alfred angesprochen wurde, las er Bücher von Karl May und glaubte zu wissen, was Freundschaft war. Nach dem Unfall des Vaters setzte sich Paulmanns Kosenamen durch. Seine Mutter nannte ihn so, seit er als Zweijähriger den eigenen Namen auszusprechen versuchte: Fedo. Als seine Mitschüler aus der Nachbarschaft dies hörten, nannten sie ihn ebenfalls Fedo. Einen richtigen Freund hatte Fedo nicht gehabt. Freundschaft ist nicht beliebig, nicht zufällig, dachte Fedo damals.

Paulmann steht in der dunklen Eingangsnische und sucht mit klammen Fingern nach dem Hausschlüssel. Als er ihn endlich gefunden hat, schließt er auf, durchquert den kalten Hausflur mit den wabengemusterten Bodenfliesen, geht an den Briefkästen vorbei, die von alten Werbebroschüren überquellen, und steigt die Treppe in die erste Etage hoch. Die Namensschilder auf der Wohnungstür lassen, wenn auch bloß auf den zweiten Blick, einiges über die Beziehung der beiden Mieter erahnen. Der Name *Reisz* ist in ein Messingschild eingraviert. Darunter klebt das Stückchen hautfarbenes Heftpflaster, das er nach seinem provisorischen Einzug mit einem Kugelschreiber beschriftet hatte: *Paulmann*. Er schließt auf, tritt in den Flur und stellt fest, dass es in der Wohnung genauso kalt ist wie draußen auf der Straße.

Chaos, sagt Paulmann, ist auch eines dieser Wörter, die vergebens versuchen, das eine vom anderen zu trennen. Es bezeichnet eine Angelegenheit oder eine Begebenheit, in der keine Ordnung zu erkennen ist. Das heißt aber nicht, dass keine Ordnung existiert. Das Wörtchen Chaos weist bloß auf unsere Erkennungsprobleme hin. Niemand kann beweisen, dass es so etwas wie Unordnung wirklich gibt. Genauso gut können wir behaupten, dass der Zufall ein ebenmäßiges Netz mit wunderbaren Mustern knüpft. Die Muster, sagt Paulmann, sind eben nur aus genügend großem Abstand zu erkennen.

Es war vor neun Monaten, als er in einer anderen Wohnung auf dem Sofa lag und in einem Stadtmagazin die Kontaktanzeigen überflog. Seine Freundin war nicht mitgekommen, als er nach Berlin zog. Sophie mit ihrem missionarischen Eifer. Sophie mit ihren Engelslocken und den großen Zähnen und wie sie die Schultern hochzieht und den Kopf zurücklegt, wenn sie lacht. Nach ihrem Diplom in Geowissenschaften begann sie für eine Umweltorganisation in Straßburg zu arbeiten. Es war ein guter Job. Er freute sich für sie. Ihre Beziehung war schon vorher nicht mehr als solche zu bezeichnen. Sein Umzug nach Berlin gab ihr den Rest. Inzwischen las er regelmäßig die Kontaktanzeigen. Paulmann war noch nicht lange in der Stadt, gerade mal ein paar Monate. Allein fühlte er sich deswegen nicht. Über die Arbeit im Institut hatte er schnell ein Zimmer gefunden und Leute kennen gelernt.

Gegen Ende Mai kam er eines Abends aus der U-Bahn und kaufte von einem Straßenverkäufer die neueste Ausgabe des Stadtmagazins. Zu Hause blätterte er das Heft durch und las auf den hinteren Seiten die Kontaktanzeigen. Jung gebliebene sinnliche Frauen verbaten sich Bäuche, Bärte, Raucher und Tanzmuffel. Irgendwann blieben seine Augen an einer seltsamen, kursiv gedruckten Zeile hängen: *Melde dich oder lass es bleiben – Chiffre 20819.* Aus einer Laune heraus schrieb er seinen Namen und die Nummer seines Handys auf die Rückseite eines Passbildes, das er zufällig in der Brieftasche trug, und schickte es los.

Wie leicht hätte es anders verlaufen können. Wenn er an jenem Abend keine Zeitschrift gekauft hätte, oder eine andere. Wenn er die Anzeige nicht entdeckt oder kein Passbild in der Brieftasche gehabt hätte. Wenn Arne, sein Arbeitskollege, bei dem er zu jener Zeit zur Untermiete wohnte, ein paar Minuten früher nach Hause gekommen wäre und ihn beim Lesen unterbrochen hätte. Tausend kleine Möglichkeiten. Eine leichte Verdunkelung vor dem Fenster, die auf ein nahes Gewitter hätte schließen lassen, ein Schatten auf dem Papier, ein kleiner Hunger, der ihn veranlasst hätte, vom Sofa aufzustehen und zum Kühlschrank zu gehen. Tausend winzige Abweichungen. Die aber alle nicht eingetreten sind.

Seltsam, sagt Paulmann, was für Situationen und Symmetrien der Zufall schafft.

Er tastet mit der Hand über die eiskalte Wand und drückt auf den Lichtschalter, obwohl er weiß, dass der Strom in der

Wohnung ausgefallen ist. Das Licht geht nicht an. Mit vorsichtigen Schritten, die Arme abwehrend ausgestreckt, die Augen in der Dunkelheit weit aufgerissen, durchquert er den Flur. Das stählerne Schuhregal dröhnt laut, als er versehentlich mit dem Schuh dagegen tritt. Paulmann dreht sich nach links und drückt eine Tür auf. Vom Hinterhof fällt spärliches Licht durch das Küchenfenster. Der Heizkörper ist kalt wie Eis. Sein Ellbogen stößt etwas von der Spüle. Es knallt hart und laut auf die Fliesen. Paulmann bückt sich tastend auf den Boden und hebt eine Packung gefrorene Milch auf. Sie ist hart geworden wie ein Ziegelstein.

Er öffnet den Kühlschrank, der dunkel bleibt, und stellt die Milch hinein. Der Kühlschrank, gut isoliert und ohne Strom, ist im Augenblick wahrscheinlich der wärmste Ort in der Wohnung. Es gibt kein Innenthermometer, außerdem ist es dunkel, aber Paulmann weiß auch so, dass die Temperatur hier drinnen weit unter den Nullpunkt gefallen ist. Auf dem Küchenboden stehen immer noch die beiden elektrischen Öfen, mit denen er gestern Morgen versucht hat, die Wohnung zu heizen. Ihretwegen ist die Sicherung durchgebrannt.

Im Juni des letzten Jahres lagen die Temperaturen etwas über dem Durchschnitt. Nachdem Paulmann damals sein Passfoto an die Chiffre-Adresse geschickt hatte, bekam er ein paar Tage später bereits eine Antwort. Sie bestand ebenfalls nur aus einem Foto und einer auf die Rückseite gekritzelten Handynummer, ohne Namen, ohne Adresse. Die darauf abgebildete Person war eine Frau mit halblangen hellbraunen Haaren und Brille. Ihr Alter war schwer zu erraten, sie hätte Ende zwanzig sein können, aber auch Ende dreißig. Wenn er damals ihren Beruf hätte erraten müssen, hätte er auf eine Angestellte der Stadtbücherei getippt oder auf eine Buchhändlerin. Eine freundliche und ruhige junge Frau, auf den ersten Blick etwas farblos, aber zuverlässig und ehrlich, vielleicht sogar ein bisschen romantisch. So stellte Paulmann sie sich vor.

Er ließ sich Zeit. Er steckte das Bild in die Brieftasche und trug es mit sich herum. Mit jedem Tag, an dem das Foto länger in seiner Brieftasche blieb, nahm die Person in seinem Alltag etwas mehr Raum ein.

Überraschenderweise meldete sich ausgerechnet in diesen Tagen seine ehemalige Freundin wieder bei ihm. Sophie schlug ein Treffen vor, weil sie, wie sie betonte, zufällig wegen eines Kongressbesuches in Berlin weilte. Prinzipiell hatte Paulmann nichts dagegen, sich mit Sophie zu treffen, obwohl er nicht wusste, was sie von ihm wollte. Sie hatten sich einvernehmlich und definitiv getrennt, dachte er. Der Kongress ging dann aber vorüber, ohne dass Sophie ein weiteres Mal bei ihm angerufen hätte. Paulmann war ein wenig beleidigt.

Wahrscheinlich, sagte er zu Arne, als sie sich wie gewöhnlich abends vor dem Kühlschrank trafen, um ein letztes Bier zu trinken, haben Sophie und ich nie richtig zusammengepasst.

Arne nickte mit einem wohlwollenden Lächeln, das Paulmann irritierte. Er ging in sein Zimmer, zog das Foto aus der Brieftasche und betrachtete es eine Weile. Dann, obwohl es schon dreiundzwanzig Uhr war, nahm er das Handy und wählte die Nummer auf der Rückseite des Passfotos.

Es klingelte einige Male, er wollte gerade wieder auflegen, als am anderen Ende jemand den Hörer abhob: Ja? Die Stimme klang weiblich, jung und angenehm, wenn auch etwas schläfrig. Er war nicht darauf vorbereitet und zögerte.

Hallo?, sagte die Stimme.

Verzeihung, sagte er dann unvermittelt, ich wollte einfach mal anrufen.

Was Sie hiermit getan haben, antwortete die Frau.

Fedo Paulmann, fügte er hinzu. Ich bin der Mann auf dem Passbild.

Es war der denkbar dümmste Anfang für ein Gespräch, aber die Frau schien es ihm nicht übelzunehmen.

Ich heiße Reinhild, sagte sie.

Nach dem Austausch einiger Belanglosigkeiten entschieden sie sich für einen gemeinsamen Kinobesuch.

Blind date, sagte er am Freitagabend auf dem Weg zur ersten Verabredung. Das Foto der Frau steckte in der Brieftasche. An einer Straßenecke begann er zu summen. Der Rhythmus seiner Schritte bestimmte die Melodie: *Blind date. Blind date.* Seine Gedanken schweiften in die Vergangenheit –

Ein Sommertag am Ufer des Bodensees, über dem Feld kreiste ein Schwarm Krähen. Paulmanns Vater saß auf dem kleinen Steg, der zur Gartensiedlung der Eisenbahner gehörte, und angelte. Die Fische bissen schlecht, und Fedo langweilte sich. Bis er die Krähen sah, die am Himmel kreisten. Immer wieder stießen sie nieder, zu zweit und zu dritt, und stoben dann krächzend wieder in die Höhe. Etwas schien sich im hohen Kraut des Feldes fortzubewegen, denn die Angriffe der Krähen zielten immer wieder auf eine neue Stelle. Fedo ging über die Wiese. Er wollte nachsehen, was es war. Der Krähenschwarm floh vor ihm und zog sich krächzend auf eine Pappel zurück. Als Fedo die Stelle erreichte, sah er einen jungen Feldhasen, der sich zwischen dem Rübenkraut mit zitternden Flanken an den Boden presste, die Ohren flach angelegt. Fedo näherte sich ihm bis auf wenige Schritte, aber das Tier ging nicht weg. Der Hase konnte ihn nicht sehen, denn die Vögel hatten ihm beide Augen ausgehackt.

Als ihn die fremde Frau im Kinofoyer ansprach, war Paulmann irritiert. Im ersten Augenblick hatte er sie gar nicht erkannt. Mit der unscheinbaren Person auf dem Passfoto hatte sie nicht viel Ähnlichkeit. Ihre Haare waren platinblond, offensichtlich gefärbt. Sie trug eine moderne Brille mit dunkelgrünem Rand und hatte sich die Lippen grellorange angemalt. Vermutlich wollte sie sich, dachte Paulmann, über dieses Rendezvous lustig machen. Vermutlich war es ihr peinlich, jemanden zu treffen, den sie über eine Kontaktanzeige kennen gelernt hatte. Dann erklärte sie ihm jedoch, dass sie vor kurzem eine professionelle Farbberatung erhalten und daraufhin ihr Äußeres einer radikalen Veränderung unterzogen hätte.

Sie war oft umgezogen in ihrem Leben, erzählte die Frau, als sie zusammen im Kinofoyer standen und auf den Einlass warteten. Bonn, Zagreb, Kopenhagen. Ihr Vater war früher Konsulatsbeamter. Nun wohnten ihre Eltern im Tessin. Nach der Grundschule wurde sie von einem Internat zum nächsten weitergereicht. Alles Elitegymnasien, aber irgendwann hatte sie einfach aufgehört, ohne Abitur zu machen. Dafür kannte sie nun eine Menge Kinder von Prominenten und aus dem Adel. Mit neunzehn Jahren war sie nach Berlin gekommen, wo sie die ersten zwei Jahre an der Kasse eines Programmkinos arbeitete, bis sie sich dann an der Filmhochschule zur Cutterin ausbilden ließ. Inzwischen war sie sechsunddreißig Jahre alt, jobbte als freie Mitarbeiterin für die Produktionsfirma *Baeckmedia* und versuchte, wie sie sich ausdrückte, aus schlechtem Filmmaterial etwas halbwegs Interessantes zusammenzuschustern.

Kenne ich vielleicht einen Film, den du geschnitten hast?, fragte er, aber sie winkte ab.

Im Augenblick sitze ich an einer scheußlichen Produktion namens *Parabellum*, sagte sie, schlecht bezahlt und noch viel schlechter gedreht. Sie wird garantiert nie irgendwo zu sehen sein.

Paulmann suchte nach Dingen, die er über sich selbst berichten konnte. Über seinen vierzigsten Geburtstag, der vor ihm lag, wollte er nicht sprechen. Paulmann erzählte, dass er erst vor ein paar Monaten in die Stadt gezogen war, als er die Stelle am Meteorologischen Institut der Universität bekam.

Ein Wetterfrosch? Sie lachte glucksend.

Diplom-Meteorologe, antwortete er.

Ein Wetterfrosch!, beharrte sie lachend.

Unser Institut, versuchte Paulmann ihr zu erklären, erstellt auf ein halbes Jahr hinaus Langzeitprognosen für das regionale Wetter.

Wen interessiert denn so was?

Die Getränkeindustrie zum Beispiel oder die Modeindustrie, Energiefirmen, Medien.

Ein Wahrsager also, sagte sie.

Das Foyer füllte sich. Sie bewegten sich langsam auf die Kinokasse zu.

Wir nutzen Wetterdaten der vergangenen fünfzig Jahre, erklärte er, außerdem zweitausend aktuelle Luftdruckwerte der nördlichen Halbkugel, unsere Trefferquote liegt bei siebzig Prozent.

Dann bist du vielleicht bald in der *Tagesschau* zu sehen?, sagte sie und zwinkerte mit den Augen.

Es gefiel ihm, dass sie sich amüsierte. Ihre direkte Art ließ keinen Raum für Befangenheit. Jede noch so kleine Möglichkeit eines peinlichen Moments wurde von ihr instinktiv geortet und zum Platzen gebracht. Wie ein Kind, das mit den Händen Seifenblasen zerklatscht. An ihrer Seite fühlte er sich anders als sonst, wacher, lebendiger. Alles, was ihm ernst und heilig war, relativierte sich allein durch ihre Anwesenheit. Was ihm aber am meisten gefiel, war ihre Art, nah an ihn heranzutreten, wenn sie mit ihm sprach. Sie verkürzte den Abstand, den zwei fremde Menschen normalerweise einhalten, mindestens um die Hälfte und trat so dicht an ihn heran, dass er ihren Atem in seinem Gesicht spüren konnte. Das fand er mehr als angenehm. Paulmann fühlte sich geschmeichelt, dass eine Frau so unverhohlen seine Nähe suchte. Es gefiel ihm auch dann noch, als er herausgefunden hatte, dass es ihre Kurzsichtigkeit war, die sie, wenn sie die Brille in der Hand hielt, so nah an andere Menschen herantreten ließ. An jeden, nicht nur an ihn.

Ihr erster gemeinsamer Abend hatte heiter und unbeschwert begonnen. So sollte es auch sein. Es war der kalendarische Sommeranfang, der einundzwanzigste Juni, und das Wetter entsprechend warm, die Nacht lau und freundlich. Sie lösten die Eintrittskarten, jeder bezahlte für sich, und drängten dann in den Saal.

Der Film gab ihrer ersten Verabredung eine unerwartete Wendung, denn er war über die Maßen brutal und schockierend. Als in einer der schrecklichen Szenen ein kollektives Zusammenzucken die Zuschauerreihen erfasste, griff die Frau, die er vor einer halben Stunde kennen gelernt hatte, reflexartig nach seinem Arm. Die Berührung löste eine wunderbare warme Welle aus, die durch seinen Körper flutete.

Es ging gegen Mitternacht zu, als sie beide durch die Beifahrertüre in ihren alten Polo stiegen.

Die Fahrertüre lässt sich nicht mehr öffnen, erklärte sie

und kletterte umständlich über den Schaltknüppel. Das ist schon lange so.

Der warme Nachtwind wehte durch das offene Wagenfenster, während sie in östlicher Richtung durch die Stadt fuhren. Sie waren beide in Gedanken versunken und schwiegen. Der Film hatte sie in einen sonderbaren Zustand versetzt.

Der Polo holperte an einer Häuserzeile entlang über unregelmäßiges Kopfsteinpflaster, vorne rechts knackten die Stoßdämpfer. Die eine Straßenseite wurde begrenzt von den Sträuchern und Kastanien eines kleinen Parks. Sie fuhr den Wagen rückwärts in eine Lücke, dann stiegen sie schweigend aus und gingen auf einen Hauseingang zu. Es war Paulmann, als hätte der Film hier seine Fortsetzung gefunden: in dieser leeren nächtlichen Straße, in einer ihm unbekannten Gegend, die nicht besonders vertrauensvoll wirkte, mit dieser fremden Frau, von der er nur den Vornamen kannte und der er nun durch das Treppenhaus folgte. Als sie vor ihrer Wohnungstür nach den Schlüsseln suchte, stand er hinter ihr und wartete. Im Schlafzimmer der Frau begannen sie sich hastig auszuziehen, wobei keiner von ihnen ein Wort sagte. Bevor sie ganz aus den Kleidern waren, fielen sie übereinander her. Das Ganze war zielgerichtet, heftig und von kurzer Dauer, vergleichbar mit einer geraden Linie zwischen zwei Punkten.

Was an diesem einundzwanzigsten Juni so lebhaft begonnen hatte, geriet genauso schnell wieder ins Stocken. Nachdem die schnörkellose Paarung vollzogen war, lagen sie nackt nebeneinander auf dem Bett. Paulmann fröstelte leicht. Seine neue Bekannte hatte ein Ende des Lakens zwischen die Beine geklemmt. Paulmann hätte das Laken über sie ziehen und sie beide damit zudecken können, aber etwas hinderte ihn daran. Mit einer fremden Frau unter demselben Laken? Die Vertraulichkeit erschien ihm nicht passend. Sie kannten sich kaum. Paulmann versuchte die Temperatur im Schlafzimmer zu schätzen. Es waren gefühlte sechzehn Grad, in Wirklichkeit wahrscheinlich zwanzig. Zu kalt, um nackt nebeneinander zu liegen.

Ich möchte, dass du gehst, sagte sie dann.

Es war Paulmann zwar nicht unangenehm, den romantischen Firlefanz wegzulassen, aber das ging dann doch etwas schnell. Er war gerade mal eine Stunde bei ihr gewesen.

Nimm es nicht persönlich, sagte sie, aber ich kann nicht zu zweit in einem Bett schlafen.

Er wollte kein Spielverderber sein, zog sich wortlos an und verabschiedete sich. Reinhild lag auf dem Bauch und umarmte ihr Kissen. Zwischen ihren blonden Haaren, die ihr über das Gesicht fielen, konnte er ihre Augen nur noch erahnen.

Unterwegs winkte Paulmann ein Taxi herbei, das ihn nach Schöneberg in die Potsdamer Straße brachte. Zurück blieb ein ungewisses Gefühl, vielleicht die Hoffnung, dass diese Geschichte damit noch nicht zu Ende war.

Schon am nächsten Tag rief seine neue Bekannte bei ihm an. Paulmann saß in der U-Bahn Richtung Dahlem, als sein Telefon in der Hosentasche vibrierte. Nach dem kurzen Abschied in der letzten Nacht freute er sich über ihren Anruf. Zu seinem großen Erstaunen wollte sie von ihm jedoch wissen, wieso er nicht zu der Verabredung gekommen wäre. Ihre Stimme klang fremd und vorwurfsvoll.

Wie meinst du das?, fragte Paulmann und sah in die ausdruckslosen Gesichter der Fahrgäste, die seinen Blick nicht erwiderten.

Ich war dort, sagte sie, und habe eine ganze Stunde im Kinofoyer gewartet.

Ich verstehe nicht, sagte Paulmann verwirrt, was du damit sagen willst.

Vielleicht kommst du noch, habe ich gedacht, sagte die Frau am Telefon, vielleicht ist dir etwas Wichtiges dazwischengekommen.

Wir haben den Film doch gesehen, sagte Paulmann und versuchte zu begreifen, dann fügte er hinzu: Du bist doch Reinhild?

Natürlich bin ich Reinhild, was soll die Frage? Jedenfalls habe ich den Film nicht gesehen, sagte sie mit trauriger Stimme, und eine halbe Stunde nach Beginn bin ich wieder nach Hause gegangen. Wenn dir mein Foto nicht gefallen hat, wieso verabredest du dich dann mit mir?

Paulmann ahnte den Grund ihrer Anschuldigungen.

Wir zwei waren nicht zusammen im Kino?, fragte er vorsichtig.

Es ist gemein, sich über jemanden lustig zu machen, der eine Kontaktanzeige aufgibt, sagte sie.

Reinhild, warte, sagte Paulmann, der nicht glauben wollte, was geschehen war. Es war zu spät, sie hatte bereits aufgelegt.

An seinem Arbeitsplatz im Institut nahm er seine Brieftasche hervor und betrachtete das Foto der jungen Frau. Sie war zwar anders aufgemacht als die Frau, mit der er letzte Nacht zusammen gewesen war. Unscheinbar und bieder, aber sie hatte es ihm ja erklärt: Farbberatung, radikale Änderung ihres Äußeren. Das Passbild war vielleicht nicht mehr ganz neu, aber die Gesichtszüge waren durchaus dieselben. Wenigstens ungefähr. Er drehte das Foto um und wählte ihre Nummer. Nach mehrmaligem Klingeln meldete sich ihre Stimme wieder: Hallo?

Es tut mir leid, Reinhild, sagte Paulmann.

Ruf bitte nicht mehr an, sagte sie und legte auf.

Paulmann saß da und starrte das Passfoto und sein Telefon an, ein kleines schwarzes Teil mit bläulich schimmerndem Display und leuchtenden Tasten, die darauf warteten, gedrückt zu werden.

Mit wem war er gestern Nacht zusammen gewesen? Wenn es wirklich Reinhild war, mit der er eben gesprochen hatte, wer war dann die Frau der letzten Nacht? Nicht einmal ihren Vornamen kannte er. Paulmann versuchte, sich die Situation exakt vor Augen zu führen. Als er das Kinofoyer betrat, standen bereits einige Personen da und warteten, einzeln und in Gruppen. Er durchquerte den Raum, ging zwischen den Leuten auf die Theke an der Kasse zu und blickte sich suchend um. Dabei wurde er von der blonden Frau angesprochen.

Hallo, sagte sie und lächelte ihn an, als hätte sie ihn erwartet. Er zog keinen Augenblick in Zweifel, dass sie die Frau war, mit der er verabredet war. Auch wenn sie nicht so aussah wie auf dem Foto. Wer sieht denn schon seinem Passbild ähnlich. Sie kamen schnell ins Gespräch und erzählten einander, woher sie kamen und was sie so machten. Sie erwähnte ihre Farbberatung und ihre modischen Veränderungen. Er erklärte die Ableitung seines Vornamens Fedo aus Alfred. Im Übrigen hielt er es nicht für nötig, sie zu fragen, ob sie denn auch wirklich jene Reinhild sei, welche die Kontaktanzeige aufgegeben hatte und mit der er verabredet war. Den ganzen Abend, fiel ihm nun ein, hatte er sie nicht ein einziges Mal mit ihrem Vornamen angesprochen, der ihm so unvertraut war, und deshalb hatte sie auch keinen Grund gehabt, ihn zu korrigieren.

Was für ein kolossales Missverständnis.

Wer war diese blonde kurzsichtige Frau?

Jedenfalls die falsche. Zufällig hatte sie ihn im Foyer angesprochen, als er fragend in die Runde blickte, und er war einfach davon ausgegangen, dass es die richtige war. Noch nie war er von einer fremden Frau angesprochen worden.

Einen Tag lang genoss er die erregende Vorstellung, mit einer wildfremden Frau geschlafen zu haben. In seinen Träumen hätte er sich das vielleicht vorstellen können, dabei aber gleichzeitig gewusst, dass es im wirklichen Leben nie geschehen würde. Die Hingabe an eine anonyme Person, ein Augenblick ohne Vergangenheit und ohne Zukunft, radikal und melancholisch.

Zu seiner Euphorie gesellte sich am nächsten Morgen der Wunsch, das Abenteuer zu wiederholen. Er wollte mehr von diesem Lebensgefühl. Auch wenn es beim zweiten Mal vielleicht nicht mehr ganz dasselbe sein würde. Paulmann hatte seinen flirrenden Gemütszustand genossen, nun begann er zu recherchieren.

Er erinnerte sich an den schlechten Film, über den die Frau gesprochen hatte. Paulmann blätterte das Branchenverzeichnis durch und fand die Firma, die es sein konnte: *Baeckmedia*. Er rief an und fragte nach der Cutterin von *Parabellum*. Nach einigen Augenblicken des Wartens hörte er ihre Stimme. Sie klang ähnlich wie gestern, aber er war sich unsicher, ob es wirklich dieselbe war.

Paulmann hier, sagte er, sie fragte: Willst du was Bestimmtes?

Ich kenne deinen Namen gar nicht.

Danach hast du mich nicht gefragt, sagte sie.

Ich nahm an, du wärst Reinhild, sagte Paulmann. Offensichtlich habe ich mich geirrt.

Offensichtlich, sagte sie lachend. Du bist ein ziemlich schräger Vogel.

Wie heißt du denn nun wirklich?

Katarina, sagte sie.

JULI

Sie ging vor mir her und wandte sich – der magnetischen Wirkung ihrer spielenden Hüften sicher – überhaupt nicht um. Sie machte sich einen Spaß daraus, diesen Magnetismus noch zu verstärken, indem sie die Entfernung unserer Körper regulierte, während wir an Dutzenden von Türen vorbeigingen, die mit Nummern versehen waren. Der Korridor wurde immer dunkler. In völliger Dunkelheit lehnte sie sich flüchtig an mich. «Da ist die Tür des Doktors», flüsterte sie, «bitte einzutreten.»

BRUNO SCHULZ

Paulmann öffnet den Sicherungskasten im Flur und tastet auf dem Stromzähler nach einer Reservesicherung. Bevor er im Dunkeln versehentlich einen Stromkontakt berührt, will er erst einmal nach einer Kerze und Streichhölzern suchen. Er sieht sich in der Küche um und stößt dabei mit dem Kopf gegen einen Hängeschrank. Er weicht erschrocken zurück und reibt sich die Stirn.

Frauen lieben Kerzen, murmelt er, das kann doch nicht so schwer sein. Die unterste Küchenschublade ist ein Sammelbecken für alle kleinen Dinge, die nirgendwohin gehören. Flaschenkorken, Ansichtskarten, Scheren, Medikamente, Garantiescheine, Puderdöschen, Lippenstifte. Dort findet er ein Feuerzeug und leuchtet damit in die anderen Schubladen und Schrankfächer. Endlich entdeckt er eine Tüte mit Teelichtern. Mit dem flackernden Schein des Flämmchens sucht er auf dem Flur nach einer neuen Sicherung, findet aber keine.

Ratlos steht er dann vor der Heizung. Er nimmt die Abdeckung ab, zupft an den elektrischen Anschlüssen und klopft auf die Kupferrohre. Von einer Gasetagenheizung versteht er nichts. Vor zwei Tagen, pünktlich zum Beginn des Wochenendes, ist sie ausgefallen. Nun, am späten Sonntagabend, soll er sie wieder in Gang bringen. Er hat keine Ahnung, wie er das anstellen könnte.

Eine aussichtslose Angelegenheit, sagt er.

Mit einem Teelicht in der Hand schaut er sich in der eisigen Wohnung um, die nicht seine ist. Im kleinen Zimmer steht der erfrorene *ficus benjamini*. Die Blätter werden sich im Lauf der nächsten Tage braun verfärben und abfallen. Das Eis in der Toilettenschüssel ist so dick, dass er es mit der Bürste nicht mehr zerstoßen kann. Aus dem Wasserhahn in der Küche kommt kein Wasser mehr, die Leitungen sind eingefroren. Auf dem Küchentisch steht eine gläserne Vase, das Wasser ist zu klarem Eis erstarrt. In ihm stecken die Stiele gefrorener gelber Tulpen.

Als Meteorologe beschäftigt sich Paulmann mit den Ereignissen in der Atmosphäre, die den Erdball umhüllt. Mit Luftmassen, die sich erwärmen und abkühlen, die sich fortbewegen, zu Winden und Stürmen werden. Mit Niederschlägen in allen Formen, Nebel, Nieselregen, Regen, Eisregen, Hagel, Schnee. Mit dem Klima und seinen Veränderungen in großen und kleinen Zeiträumen. Mit den Jahreszeiten und ihren spezifisch geografischen Ausprägungen. In der Atmosphäre spielen sich äußerst komplexe Vorgänge ab. Auf den ersten Blick erscheinen sie wirr, wie ein großes, vom Zufall gelenktes Chaos, auf den zweiten Blick auch. Erst wenn man sich länger damit beschäftigt, werden gewisse Formen erkennbar, die sich wiederholen. Eines der ersten Phänomene, die wir auf der Nordhalbkugel als Kinder kennen lernen, ist die Existenz verschiedener Jahreszeiten. Frühling, Sommer, Herbst und Winter. Bald darauf lernen wir, dass es milde und strenge Winter gibt, nasse und trockene Sommer. Wird das vom Zufall bestimmt, oder gibt es Gesetzmäßigkeiten? Die starke treibende Kraft hinter der Beschäftigung mit der Meteorologie ist nicht nur, wie bei jeder Wissenschaft, der reine Erkenntnisdrang, sagt Paulmann, sondern die Möglichkeit der Voraussage. Es gibt nichts, was uns Menschen mehr interessiert als die Zukunft.

Wird es morgen schneien? Wird die Sonne scheinen?

Es ist nicht nur so, dass Paulmann es zu wissen glaubt. Es ist mehr als das: Er weiß es.

Die Wetterstation vor dem Küchenfenster ist in nahezu idealer Lage angebracht, einige Meter vom Boden entfernt, gegen Norden gerichtet; Wärmeabstrahlung vom Haus gibt es wenig. Die Kälteskala zeigt nun siebzehneinhalb Grad minus an. In der Morgendämmerung wird die Temperatur nochmals um ein paar Striche fallen.

Der starke Wind aus Nordost transportiert unentwegt Kaltluftmassen nach Deutschland. Dieser Winter kann zu den drei kältesten deutschen Wintern seit Beginn der Wetteraufzeichnungen gezählt werden. Das ist bereits von einigen Wetterdiensten und Meteorologen verkündet worden. In Bezug auf die Kältepunkte gibt es gegenüber den Wintern von 1898/1899 und 1945/1946 sogar einen hauchdünnen Vorsprung. Den Rekord bereits im Februar, fünf Wochen vor dem Ende des kalendarischen Winters, zu verkünden, ist ein gewisses Risiko. Man kommt nicht umhin, dem Wetter einen gewissen Spielraum einzugestehen. Je enger man die Schwankungen jedoch durch genaue langfristige Prognosen begrenzen kann, desto früher kann man den Rekord behaupten. Paulmanns statistische Berechnungen stimmen, und er ist sich bereits heute sicher: Der aktuelle Winter wird der kälteste deutsche Winter seit Beginn der Wetteraufzeichnungen. Und er, Paulmann, könnte der Erste sein, der dies veröffentlicht. Allzu lange darf er damit natürlich nicht warten. Er hört es schon rumoren in den Büros der Wetterdienste, hört Papiere rascheln, Computermäuse klicken, ein leises Raunen erhebt sich. Mit jedem weiteren frostigen Tag beschäftigen sich wieder ein paar Meteorologen mehr mit der Aussicht auf den spektakulären

Rekordwinter. Der statistische Rekord wäre nur durch einen unrealistischen Wetterumschwung und eine plötzliche Erwärmung aufzuhalten. Er weiß es seit Tagen. Worauf wartet er also? In einem Monat werden alle davon reden. Vom kältesten deutschen Winter seit Beginn der Wetteraufzeichnungen. Er sollte den Artikel verfassen, und er sollte es *jetzt* tun. Trotz der Ablenkung der vergangenen zwei Tage. Trotz seiner Orientierungsschwierigkeiten, seiner Angst vor Realitätsverlust, seines Schlafmangels und des Stromausfalls in der Wohnung. Dass ausgerechnet an diesem Wochenende die Heizung ausfällt, sollte er getrost als Ironie des Schicksals betrachten.

Als er sich im Alter von zwölf Jahren für das Wetter zu interessieren begann, hatte Paulmann keine Karriere vor Augen. Er war berauscht von den Phänomenen, die mit Urgewalt über die Menschen hinwegziehen: Regen, Schnee, Sturm, Hagel, Blitz und Donner. Aus der naiven Neugier ist im Laufe seines Studiums wissenschaftliches Interesse geworden, das sich über die Jahre vertieft hat.

Im vergangenen Sommer stand Paulmanns berufliche Existenz auf drei wenn auch etwas wackeligen Beinen. Das erste Standbein war seine Arbeit als wissenschaftlicher Assistent am Meteorologischen Institut in Dahlem. Die Stelle war bloß befristet, würde aber je nach Bedarf und vorhandenen Mitteln, wie es hieß, entsprechend verlängert werden. Daneben verfasste er eine tägliche Wetterkolumne für die Website eines Radiosenders. Jeden Tag schrieb er einen kleinen Text, der sich auf einen besonderen Aspekt des aktuellen Wetters bezog. Etwa über die Entstehung des Regenbogens (an dessen Berührungspunkten mit der Erde goldene Schüsseln vermutet wurden), über die meteorologischen Hintergründe von Bauernregeln (steigt Nebel empor, steht Regen bevor) und ein anderes Mal über regionale Besonderheiten des Wetters (die Winter von Berlin, den Föhn über dem Bodensee). Paulmann sprach mit niemandem darüber, aber hin und wieder träumte er von einer Medienkarriere.

Das dritte Standbein brachte ihm zwar kein Geld ein, aber es konnte seinen Bekanntheitsgrad als Meteorologe steigern, was wiederum für die anderen beiden Beschäftigungen nützlich war: Paulmann nahm am Wetterturnier der deutschen Meteorologen im Internet teil. Zum Ersten jeden Monats mussten detaillierte Prognosen zu den Temperaturen, der Niederschlagsmenge und der Anzahl der Sonnenstunden abgegeben werden. Arne Wells berechnete die Abweichungen, verteilte die Punkte und ermittelte die Monats- und Jahressieger.

Mit dem heutigen Tag könnte Paulmann seinen größten Triumph verbuchen. Er braucht bloß einen kurzen Beitrag über den bevorstehenden Kälterekord zu schreiben, ihn rechtzeitig auf die Website zu laden und Kopien an die Agenturen zu versenden.

Bereits im Sommer hat er den bevorstehenden strengen Ausnahmewinter prognostiziert. Nun ist er Wirklichkeit geworden, und das ist mehr, als bloß recht zu bekommen. Es ist das befriedigende Gefühl, mit seiner Arbeit etwas zu erreichen. Die Veröffentlichung wird als Beitrag zu der anhaltenden Diskussion über Klimaveränderungen kritisiert werden. Es ist ein bescheidener Beitrag. Mit Ursachenforschung befasst er sich ohnehin nicht. Am Ende wird sie aber seinen Ruf als Meteorologe stärken, der sich erfolgreich mit Langzeitprognosen befasst. Über das alles könnte sich Paulmann freuen. Er braucht nur wieder Fuß zu fassen in der Wirklichkeit. Er setzt sich an den Küchentisch und versucht, seine Gedanken zu ordnen.

Wie gern er ihre Haut roch, an ihrem Hals, hinter den Ohren.

Ist das eine solide Basis, sagt Paulmann, sein ganzes Leben miteinander zu verbringen?

Drei Wochen nach ihrem One-Night-Stand drohte das Gesicht der Frau, die sich Katarina nannte, aus seinem Gedächtnis zu verschwinden. Er vermochte sich gut daran zu erinnern, wie sie roch, wenn sie ganz nah vor ihm stand, er wusste auch noch, wie es war, sie anzufassen, aber es gelang ihm immer weniger, sich ihr Gesicht vorzustellen. Es tat ihm leid, dass ihre so besondere Geschichte im Sande verlaufen sollte. Dagegen hatte er immer noch das Foto und die Handynummer einer unscheinbaren Frau, die Reinhild hieß. Vielleicht gab es auch gar keine zwei Frauen. Vielleicht waren Reinhild und Katarina zwei Namen derselben Person. Vielleicht wollte sie ihn auf diese Weise nach der enttäuschenden ersten Nacht einfach loswerden. *Melde dich oder lass es bleiben*. Eine Frau, die eine so verschrobene Kontaktanzeige aufgab, war vielleicht auch kompliziert und umständlich, wenn sie jemanden wieder loswerden wollte.

Paulmann rief erneut bei *Baeckmedia* an. Er nannte seinen Namen, seine Funknummer und fügte hinzu, dass er sich auf einen Rückruf von Katarina freuen würde.

Ein paar Tage später vibrierte sein Telefon in der Hosentasche. Es war Katarina. Das Gespräch blieb kühl und distanziert, aber sie verabredeten sich zu einem Spaziergang.

Als Paulmann die Stelle am Meteorologischen Institut erhalten hatte und nach Berlin kam, konnte er als Untermieter bei Arne Wells einziehen. Der Kollege hatte eine Altbauwohnung im ruhigen zweiten Querflügel direkt am Kaiser-Wilhelm-Platz, die für ihn allein viel zu groß war. Arne führte ein völlig anderes Leben als Paulmann. Obwohl er eine feste Stelle am Institut hatte, war er ständig unterwegs, erhielt Forschungsstipendien und Einladungen aus dem Ausland und leitete nebenher das Online-Wetterturnier. Arne hatte verschiedene Freundinnen, Kolleginnen, Studentinnen, die gleichzeitig und ganz selbstverständlich bei ihm ein und aus gingen, mal über Nacht blieben oder mit ihm verreisten. Arne hatte mehrere Winter hintereinander in einer Forschungsstation im norwegischen Ny-Ålesund verbracht, im Sommer schlief er oft in seinem Segelboot am Wannsee. Dann hatte Paulmann die Wohnung für sich allein. Arne war auch äußerlich ziemlich das Gegenteil von Paulmann: groß, blond, athletisch, braungebrannt und, so schien es, immer in sonnengebleichten und salzwasserverwaschenen Jeans und Sweatshirt.

Paulmann versuchte, Arne als leicht lächerliches Klischee eines Abenteurers zu betrachten, als Outdoor-Model in Trekkingsandalen (die er tatsächlich immer trug). Aber es war nicht mehr als ein schaler Versuch. Arne war unbekümmert, positiv, lebendig, unternehmungslustig und gleichzeitig jemand, der seine Arbeit und die Menschen um sich herum sehr ernst nahm. Arne war Anfang dreißig, und alles in seinem Leben schien perfekt zu sein.

Paulmann stand kurz vor seinem vierzigsten Geburtstag, war nicht besonders groß, trug Breitcordhosen und karierte Hemden, wog ein paar Kilo über dem Soll, und sein Leben und seine Arbeit bestanden aus lauter Provisorien. Das beunruhigte ihn.

Abends um halb elf stellt Paulmann in der kalten Toilette ein Teelicht auf den Spülkasten und überlegt, ob körperwarmer Urin die Eisschicht in der Kloschüssel schmelzen würde. Da er seine Zweifel hat, verlässt er die Wohnung und geht über die Straße in den Park hinüber. Hinter einem blattlosen Strauch streift er einen Handschuh ab, öffnet die

Hosen und erleichtert sich. Der Urin dampft in der Kälte. Ein schneidender Wind zieht durch die Äste, am Himmel funkeln die Sterne. Die Wiese ist leicht mit Schnee gepudert. Das Gras ist im Frost erstarrt und knirscht unter den Schuhen.

Im vergangenen Juli, erinnert sich Paulmann, haben sie genau an dieser Stelle im Gras gelegen und einen Schmetterling betrachtet, der sich auf ihr nacktes Knie gesetzt hatte.

Ist das nicht toll, sagte die Frau an jenem Tag, der kleine Falter wackelt einmal mit seinem kleinen Flügel, und auf der anderen Seite der Welt entsteht ein Wirbelsturm.

Genauso gut kann man behaupten, wandte er ein, dieser Schmetterling wäre die Seele eines ungeborenen Kindes, das sich seine zukünftige Mutter sucht, oder so was Ähnliches.

Sie waren von einem längeren Spaziergang durch die Frankfurter Allee zurückgekommen und im Park geblieben, anstatt in ihre Wohnung hochzugehen. Er beobachtete sie von der Seite. Sie trug ein luftiges Sommerkleid, die Sandalen lagen neben ihr im Gras. Ihre Beine und Füße wirkten durch ihre Blässe auffallend nackt, die Zehen bewegten sich im Wind wie die Tentakel einer Koralle in der Strömung. Die euphorische Stimmung anlässlich ihrer ersten Begegnung im Kino war einem vorsichtigen Umgang miteinander gewichen. Als wären sie über das Tempo, mit dem sie zu Beginn aufeinander zugegangen waren, erschrocken und nun einen Schritt zurückgewichen. Immerhin hatte sie ihm ihre Handynummer gegeben. Es war eine andere Nummer, stellte er fest, als auf der Rückseite von Reinhilds Passfoto, das er immer noch in der Brieftasche trug.

Der Schmetterling auf deinem Knie, sagte Paulmann, ist niedlich, zugegeben, und die Vorstellung, dass das kleine

Wesen mit einem Schlag seines Flügels einen Wirbelsturm auslöst, mag irgendwie schön sein, aber eben nur irgendwie. Mit der Wirklichkeit hat das nicht das Geringste zu tun.

Aber die Chaostheorie –

– ist so unbrauchbar wie die Theorie von der Erde als flacher Scheibe.

Wie willst du das wissen?, fragte sie. Wenn Katarina mit irgendetwas nicht einverstanden war, warfen ihre Augenbrauen zornige Wellen. Das konnte Paulmann an diesem Tag zum ersten Mal beobachten. In diesem Augenblick flatterte der Schmetterling von ihrem Knie weg und, als wollte er Paulmann für seine Beleidigung bestrafen, nah an seinem Gesicht vorbei.

Psst, nicht bewegen, sagte sie, er sitzt auf deinem Kopf.

Da kann er flattern, so viel er will, sagte Paulmann, daraus wird nichts. Es sind nicht die winzigen und zufälligen Details, welche das Wettergeschehen in die eine oder andere Richtung lenken. Hinter jedem meteorologischen Phänomen stehen unvorstellbar große Massen und Energien. Schmetterlingsflügel lösen keine Wirbelstürme aus. Es ist genau andersherum: Seine Flügel zucken, weil sie vom letzten Windhauch einer gigantischen Luftmasse gestreift werden, die von einem Kontinent zum andern bewegt wurde. Das ist Zufall, Fügung, Schicksal, der liebe Gott oder wie immer du das nennen willst: Das Kleine wird am Ende einer unüberschaubar langen Kette in die eine oder andere Richtung bewegt.

Aber das Große, wandte sie ein, ist die Summe aus vielen kleinen Dingen.

Diese Theorie drückt den verzweifelten Wunsch nach unverwechselbarer, individueller Bedeutung aus, sagte er, die bange Hoffnung, dass im kleinsten Ding ein ferner Sinn steckt.

Der Falter flatterte bei seinen Worten von seinem Kopf hinunter zu Katarinas Füssen, umschwirrte ihre weißen runden Zehen und flog dann im Zickzack über die Wiese, hoch in die Äste der Kastanie und wieder zurück zu ihnen und über sie hinweg auf die andere Seite des Parks, wo er hinter den Berberitzenhecken verschwand. Es war nicht zu erkennen, was seine Richtung bestimmte oder leitete.

Es gibt keinen Sinn im Einzelnen, sagte Paulmann, es gibt nur die Physik.

Papa kommt nicht mehr nach Hause.

Fedo war zwölf Jahre alt, als seine Mutter es an jenem Tag wie nebenbei bemerkte.

Ein Unfall, sagte die Mutter, Papa hat nicht aufgepasst.

Es kam so unerwartet und sinnlos über sie wie ein heftiger Windstoß, der den Fensterflügel zukrachen und das Glas in tausend Stücke zersplittern ließ.

Es ist sinnlos, sich über das Wetter zu ärgern.

Das war ihm klar, seit er sich für das Wetter und die Wetterkunde zu interessieren begonnen hatte. Die Einsicht kam eines Tages wie eine Erleuchtung über ihn. Es war ein Geschenk. Vielleicht war sie sogar der wichtigste Grund für seine Beschäftigung mit der Meteorologie. Wir können das Wetter nicht beeinflussen, dachte er. Wir müssen es nehmen, wie es kommt. Auch wenn wir immer mehr darüber wissen. Seit jenem Tag hat Paulmann nur ein mitleidiges Lächeln übrig für Leute, die über das Wetter schimpfen, über Wind, Regen oder Kälte. Das Wetter ist, was es ist. Sich über das Wetter aufzuregen, ist so albern wie darüber, dass das Leben endlich ist.

Paulmanns Karriere entwickelte sich vielversprechend. Es war etwa zu der Zeit, als die beiden Frauen in seinem Leben auftauchten, von denen er vermutete, dass es ein und dieselbe war. Der Redaktor des Rundfunksenders, für den er die tägliche Kolumne ins Netz stellte, meldete sich eines Tages überraschend bei ihm. Jaaksen hieß er und erzählte am Telefon, die Internetbeiträge würden ihnen sehr gut gefallen und ob Paulmann sich vorstellen könnte, ein tägliches *Wort zum Wetter* zu verfassen: aktuelle Wetterphänomene, meteorologische Kuriositäten, spannend aufbereitet, dazu eine knackige Vorhersage, wie sich Jaaksen ausdrückte, in zwei, drei halben Sätzen. Selbstverständlich konnte sich Paulmann das gut vorstellen. Etwas zu erzählen, über die Zunahme der Wirbelstürme in Europa zum Beispiel, oder über die nächsten großen Überschwemmungen, die unweigerlich auf uns zukommen werden. Wenn er Paulmann am Telefon erzählen höre, sagte der Redaktor, würde er sogar ein tägliches Telefongespräch mit ihm zur Mittagszeit in Betracht ziehen. Sie vereinbarten einen Termin, an dem er sich beim Sender vorstellen sollte.

Paulmann freute sich. Auf der Heimfahrt saß er in der U-Bahn, betrachtete die Leute, die ihm gegenübersaßen, und war in ausgesprochener Hochstimmung. Er würde sich mit der Radiosendung einen Namen machen, stellte er sich vor. Erst nur für Insider, aber von denen heiß geliebt. Dann würde es sich langsam herumsprechen, dass er, Fedo Paulmann, besser war als diese langweiligen, unattraktiven TV-Meteorologen mit ihrem spastischen Gefuchtel und der schlechten Körperhaltung. Ja, er sah sich selbst schon am Bildschirm. Sie würden ihn haben wollen. Sein heimlicher Wunsch schien mit der Anfrage des Senders in Erfüllung zu gehen. Seine Medienkarriere würde beginnen. Davon war er überzeugt.

Als sein Telefon in der Hosentasche vibrierte, stand Paulmann mit Arne in der Küche und hörte sich an, was dieser über den Sommer in Finnland erzählte.

Dieses Licht am Abend, sagte Arne und schüttelte ungläubig den Kopf, als hätte er etwas Unbeschreibliches erlebt.

Paulmann nahm das Telefon hervor und sah auf dem Display, dass der Anrufer die Nummer unterdrückte.

Hallo?, sagte die Stimme, die genauso gut zu Reinhild wie zu Katarina gehören konnte. Ein Missverständnis reichte ihm jedoch, er fragte deshalb nach: Katarina?

Willst du morgen zum Abendessen kommen?

Gerne, sagte er.

Bis dann also, ab fünf bin ich zu Hause, sagte sie und legte auf.

Arne sah ihn erwartungsvoll an.

Ich bin zum Essen eingeladen, sagte Paulmann.

Und?, fragte Arne. Nett?

Sie ist in Ordnung, sagte Paulmann.

Wo hast du sie kennen gelernt?

Im Kino, wir saßen nebeneinander.

Paulmann war ein Meister darin, nicht die Wahrheit zu sagen und dennoch nicht zu lügen.

Am späten Nachmittag des folgenden Tages half Paulmann bei der Zubereitung von Sushi. Er schnitt Reisrollen in zwei Finger breite Rädchen und ordnete sie auf der Porzellanschale an. Zum ersten Mal sah er ihre Wohnung bei Tageslicht. Abgeschliffene und geölte Dielen, an den weißen Wänden hingen Plakate von Filmen, die Paulmann alle kannte: *Elephant Man. Seven. Fargo.*

Katarina hatte ihren ehemaligen Freund Ed eingeladen und dessen aktuelle Freundin, eine junge Schauspielerin namens Nadine. Edwin Baeck war der Inhaber der Produktionsfirma *Baeckmedia*.

Wieso hat es nicht geklappt mit Ed und dir?, fragte Paulmann, sie sagte: Es ist schon lange vorbei.

Wie lang ist lange?

Ein Jahr, sagte sie.

Ein Jahr fand er nicht besonders lang. Katarina machte im Kühlschrank Platz und stellte die Schale mit den Sushis und vier Flaschen Sekt in die Kälte. Dann ging sie ins Bad und blieb dort eine halbe Stunde. Paulmann saß vor dem Fernseher, trank Sekt und zappte sich durch die Programme. Als Katarina aus dem Bad kam, war sie zurechtgemacht wie eine Flugbegleiterin der *Singapore Airlines*. Ihre blonden Haare waren glatt nach hinten gekämmt und verknotet und die Augen mandelförmig konturiert. Sie trug ein eng anliegendes Kleid aus asiatischer Seide mit hochgeschlossenem Stehkragen.

Ihr ehemaliger Freund und seine Begleitung kamen fast eine Stunde zu spät. Niemand verlor ein Wort darüber. Nadine war kaum älter als zwanzig und auffallend schlicht angezogen, mit Jeans und einem gestreiften Männerhemd. Ed wirkte gepflegt und erfolgreich in seinem hellgrauen Anzug.

Da ist ja unser Wetterfrosch, begrüßte er Paulmann und fügte hinzu: Wann geht er denn auf Sendung?

Du hast was am Schuh, Ed, sagte Nadine. Alle schauten auf Eds Schuhe und suchten dann auf dem Boden bis hin zur Wohnungstüre nach Flecken.

Oh Gott, in was für einer Gegend wohnst du hier, sagte Ed, während er sich mit einer Hand an der Wand abstützte und seine Sohle betrachtete.

Gib her, sagte Katarina und bückte sich hinunter. Ed schlüpfte aus den Schuhen und überließ es Katarina, sie ins Bad zu tragen. Paulmann ging ihr hinterher.

Was willst du damit?, fragte er sie im Bad.

Na was wohl? Sauber machen, sagte sie.

Du solltest ihm nicht die Schuhe putzen, sagte Paulmann.

Du machst dir Sorgen?, sagte Katarina belustigt und hielt den Schuh mit ausgestrecktem Arm über die Badewanne. Ich will den Dreck nicht in der Wohnung haben, sagte sie.

Er sollte das selber tun, sagte Paulmann.

Ed wird es nicht tun, sagte Katarina, Paulmann sagte: Dann gib her.

Sie überließ ihm den Schuh und ging hinaus. Paulmann drehte den Hahn in der Wanne auf und hielt die Sohle darunter. Ein übler Gestank breitete sich aus.

Als er aus dem Bad kam, hielten die anderen Sektgläser in der Hand. Ed hatte sein Sakko über die Stuhllehne geworfen und rauchte. Katarina reichte Paulmann ein Glas.

Auf euer Wohl, sagte Ed.

Beim Essen sprachen sie über das Projekt, an dem Katarina arbeitete.

Daraus wird nichts, sagte sie, man kann es montieren, wie man will, es wird nichts daraus.

Es sind gute Sachen dabei, sagte Ed und belegte seinen Teller mit Sushi.

Ich kann es nicht mehr sehen, sagte Katarina.

Worum geht es denn?, fragte Paulmann.

Ein filmischer Essay, sagte Ed, über das Kino und die Gewalt. Das amerikanische Kino und die Schusswaffe. Der Gegenstand an sich, die Entwicklung seiner Formen und technischen Fähigkeiten. Mattschwarz oder chromblitzend, Revolver, Automatik, Pumpgun, sagte Ed und hielt Katarina sein leeres Sektglas hin, das sie wieder auffüllte. Ed fuhr fort zu dozieren: Die Art und Weise des Umgangs mit der Waffe, wie sie gehalten wird, senkrecht, waagrecht, mit ausgestrecktem Arm, mit zwei Händen oder den Lauf nach oben gerichtet, wenn man um eine Mauerecke blickt –

Eine wirre Handlung, sagte Katarina.

Was passiert denn?, fragte Nadine.

Drei Typen finden eine Waffe und ziehen damit los, um Leute zu erschießen, sagte Katarina, worauf Nadine fragte: Ist das ein Trend?

Ed sagte kauend: Nein, es geht weit darüber hinaus, die ganze Kinogeschichte wird zitiert, zum Teil karikiert, die verschiedenen Entwicklungen in der Darstellung, Tabubrüche, Choreografie der Waffen …

Wozu muss im Kino immer geschossen werden?, fragte Paulmann, Ed sagte: Das Medium Film verlangt danach, Tod, Gewalt, Gefahr, konzentriert auf einen abbildbaren Gegenstand, die Schusswaffe, einerseits Fetisch, andrerseits ein Gegenstand, der tausendfach Handlung initiiert, verstehst du, das ist Film, und das *Parabellum*-Projekt bedient das und untersucht es gleichzeitig, natürlich ist das Material ziemlich unüberschaubar, das gebe ich zu, es braucht den ordnenden Blick einer Cutterin.

Seit Filmen so billig geworden ist, sagte Katarina, begraben sie uns unter einem Berg von Scheiße.

Ganz so ist es nicht, sagte Ed, und du weißt das auch, Katarina, sonst würdest du nicht monatelang daran arbeiten. Es sind geniale Sachen dabei, es liegt an dir, die richtigen herauszuarbeiten. Der Film hat ein Thema –

Was für ein Thema? Ist noch Sekt da?, sagte Nadine.

Katarina stand auf, Ed sagte: Ich würde es so formulieren: Schießen und Filmen sind beides Vektoren, Handlungen, die auf Veränderung abzielen.

Der eine der Typen, sagte Katarina, hat eine Kamera und filmt, wie sie Leute erschießen.

Das kommt mir irgendwie bekannt vor, sagte Paulmann.

Es ist nun einmal wichtig, sagte Ed an ihn gerichtet, als müsste er ihn davon überzeugen. Während Katarina eine neue Flasche Sekt aus dem Kühlschrank holte und Paulmann zum Öffnen gab, zündete sich Ed eine Zigarette an und sagte: Beide Tätigkeiten sind projektartig, zielgerichtet, technologisch, männlich, verstehst du, sie verändern die Welt, durch einen leichten Druck des Zeigefingers auf den Auslöser, egal, ob mit der Waffe oder mit der Kamera. Für beide Tätigkeiten werden dieselben Worte verwendet, Schuss, Gegenschuss, wenn einer erschossen wird, ist er gestorben, wenn die Szene abgedreht ist, wird sie ebenfalls als gestorben bezeichnet. Schießen bedeutet das zielgerichtete Senden eines Projektils in einen menschlichen Körper, den es dann verändert, von lebendig zu tot. Filmen macht dasselbe, es bündelt optische und akustische Reize und leitet sie über unsere Netzhaut in unser Gehirn, wo es uns ebenfalls verändert. Bilder schießen. Und die beste Szene des *Parabellum*-Projekts ist die, wo einer der Typen in die Kamera feuert. Schießen und Filmen sind exakt in einem Punkt zusammengeführt. Als Zuschauer hast du das Gefühl, die Kugel durchschlägt das Objektiv und dringt durch die Kamera in dein Auge und bleibt in deinem Gehirn stecken.

In die längere Pause, die darauf folgte, fragte Nadine, was denn Paulmann so machen würde.

Er erzählte, dass er demnächst auf der Straße stehen würde. Sein Vermieter hatte ihm schon vor einiger Zeit angekündigt, dass der ganze Häuserkomplex saniert werden sollte und sie die Wohnung für ein halbes Jahr räumen mussten. Arne hatte vor, seine Möbel in einen Container zu stellen und in seinem Boot am Wannsee zu wohnen. Dort war für Paulmann definitiv kein Platz. Ihm war es lästig, sich mit dem Wohnungsproblem herumzuschlagen. Bis jetzt hatte er keine Lust gehabt, sich darum zu kümmern. Zwei Wochen vor dem Auszug blieb ihm immer noch die Möglichkeit, über die Mitwohnzentrale kurzfristig etwas zu finden.

Sonst muss ich wohl auf einer Parkbank schlafen.

Paulmann fühlte sich ziemlich gut dabei, als er es in dieser Runde erzählte. Das neue Thema stieß aber nicht auf großes Interesse. Bevor sie aufbrachen, erwähnte Ed einen TV-Spielfilm, in dem Nadine demnächst zu sehen sei. Katarina versprach, sich den Sendetermin zu notieren, und holte Eds Schuhe aus dem Bad.

Schönes Hemd, sagte Katarina zu Nadine, als sie sich verabschiedete.

Eds Hemd, sagte Nadine, Katarina sagte: Ich weiß.

Kurz nachdem Katarina erwähnt hatte, dass sie noch arbeiten wolle, brach Paulmann ebenfalls auf. Er war bereits in Arnes Wohnung angekommen und machte sich zum Schlafengehen zurecht, als Katarina nochmals anrief.

Für wie lange müsst ihr aus der Wohnung raus?, fragte sie.

Ein halbes Jahr, nehme ich an.

Würde dir denn ein Zimmer reichen?, fragte sie.

Sicher, sagte Paulmann und fügte hinzu: Wieso? Weißt du vielleicht etwas?

Du könntest eine Weile bei mir wohnen, schlug sie vor.

Wir zwei eine Wohngemeinschaft?, fragte er.

Das hintere Zimmer benutze ich nie, sagte sie. Wenn es dir nicht zu klein ist – für ein paar Monate.

Platz brauche ich nicht viel, sagte Paulmann. Er fühlte sich von ihrem Angebot geschmeichelt, gleichzeitig irritierte es ihn auch etwas. Sie beide waren wie zwei Magnete.

Entweder stießen sie sich ab oder zogen sich mit derselben Kraft an. Ein gewöhnliches Nebeneinander schien es nicht zu geben.

Deine Miete könnte ich gut gebrauchen, sagte Katarina, und natürlich müssten wir bestimmte Regeln aufstellen.

Paulmann neigte dazu, sich für bequeme Lösungen zu entscheiden. Er zog mit seinen wenigen Habseligkeiten um, und Katarina half ihm dabei. Seinen Futon, den Rechner und die paar Umzugskartons transportierten sie in drei Fahrten mit ihrem Polo. Beim Einladen musste Katarina die Heckklappe mit einer Holzlatte offen halten, weil die ölgedämpfte Stütze vor längerer Zeit abgefallen war.

Viel Besitz hast du in deinem Leben noch nicht zusammengetragen, kommentierte sie. Sie stapelten seine Umzugskartons in ihrem Pflanzenzimmer, wie sie es nannte, links und rechts neben dem Fenster zum Hinterhof und ließen in der Mitte Platz für den Tisch. Wenn er an seinem Rechner saß, konnte er über den Dächern den Himmel mit den ziehenden Wolken beobachten.

Unverhofft wohnte er nun mit einer Frau zusammen. Mit einer Frau, die er noch vor wenigen Wochen gar nicht gekannt hatte.

Als Paulmann das erste Mal allein in der Wohnung war, schaute er sich gründlich um. Er bemühte sich, keine Spuren zu hinterlassen. Katarina hatte es ihm nicht verboten, ihn aber auch nicht dazu aufgefordert. Paulmann suchte nichts Bestimmtes. Er wollte sich bloß einen Eindruck davon verschaffen, mit wem er hier zusammenwohnte. Er betrachtete die Fläschchen und Tuben im Bad, schaute in die Küchenschränke, sah ihre Bücher und Zeitschriften durch. Sein schlechtes Gewissen dämpfte er, indem er es sich zur Aufgabe machte, nichts zu verändern. Er betrat ihr Schlafzimmer, öffnete den Kleiderschrank und die Schubladen ihrer Kommode, aber er fasste nichts an. Er roch den Duft der frischen Wäsche und staunte über die Menge an Kleidungsstücken. Er betrachtete die getrockneten Rosen in einer Vase, die Plakate und Standbilder alter Schwarzweißfilme. Die Wandregale im Wohnzimmer waren zu zwei Dritteln mit Videokassetten gefüllt. Auf den schwarzen Hüllen, die alle von Hand mit unleserlichen Titeln beschriftet waren, hatte sich eine Staubschicht abgelagert. Zuoberst auf den Regalen stapelten sich metallene Filmdosen. Katarina sammelte kleine Krokodile. Aus Plastik, Holz und Stein, sogar aus Glas. Auf einem Regalbrett bildeten sie eine lange Karawane. Paulmann nahm das gläserne Krokodil so vorsichtig in die Hand, dass es ihm entglitt und auf den Holzdielen in zwei Teile zerbrach. Er versteckte die Teile in seinem Zimmer und zog los, um sich Sekundenkleber zu besorgen.

Die Wohngemeinschaft mit Katarina.

Es war eine schwierige Koexistenz. Die Befangenheit zwischen ihnen, wenn sie sich in improvisierter und unattraktiver Bekleidung vor dem Bad oder in der Küche trafen. Die Straßenschuhe ließ er nicht im Flur stehen, sondern nahm sie in sein Zimmer mit. Katarina zeigte ihm, wie der Gasherd funktionierte, und teilte ihm zwei Fächer im Kühlschrank zu. Wenn einer von ihnen sich etwas in der Küche zubereitete, musste er hinterher gleich abwaschen und wegräumen. Das war eine der vielen Regeln, die Katarina aufstellte und die Paulmann widerspruchslos akzeptierte. Es war ihre Wohnung. Er war der Gast, er bewohnte das kleine Zimmer zum Hinterhof. Paulmann ließ nichts in der Wohnung herumstehen, bis auf den Kulturbeutel im Bad, dessen Reißverschluss er immer zuzog.

Jeder sollte im Übrigen sein Leben so führen, wie er es gewohnt war. Sie waren höflich zueinander und waren sich dabei fremd. Es gab keine vertraulichen Gesten zwischen ihnen, keine Berührungen, keine Anspielungen auf den Beginn ihrer Bekanntschaft.

Eines Nachts betrat er durch die angelehnte Tür ihr Zimmer. Katarina lag in ihrem Bett. Paulmann betrachtete sie im Halbdunkeln. Ein Körper, um dessen Beine und Bauch ein verdrehtes Laken geschlungen war. Sie hielt sich daran fest wie eine Ertrinkende. Das Laken schien sie in die Tiefe zu ziehen, aber sie ließ nicht los.

Du warst nachts in meinem Zimmer, sagte sie ein paar Tage später. Was wolltest du bei mir?

Er wusste es nicht.

Meinen Polo kannst du gerne mal benutzen, sagte Katarina.

In Wahrheit war es eine versteckte Bitte, sich um den verwahrlosten Wagen zu kümmern.

Paulmann verstand so gut wie nichts von Autos. Er hatte irgendwann den Führerschein gemacht, aber nie einen eigenen Wagen besessen. Er versuchte es ein einziges Mal mit Katarinas Polo. Er ließ den Anlasser laufen, bis er sich nicht mehr drehte.

Bei Regen springt er nicht an, sagte Katarina.

Ihr Wagen war ein eigensinniger lebender Organismus mit so vielen Verhaltensstörungen, dass die Benutzung durch jemand anderen als Katarina nicht möglich schien. Auch wenn sie ihn gar nicht benutzte und nur vor dem Haus stehen ließ, musste sie spätestens jeden zweiten Tag zur Tankstelle fahren, um den linken Vorderreifen aufzupumpen, bevor er ganz platt war.

Ich muss mal mit dem Polo Gassi gehen, sagte sie jeweils.

Wieso lässt du ihn nicht reparieren?

Der Mechaniker hat den Reifen angeschaut und nichts gefunden, sagte sie, wieso soll ich mir dann einen neuen kaufen?

Dass die Heckklappe nur mit einem Stück Holz offen zu halten war, hatte Paulmann bereits beim Umzug gesehen.

Alles funktioniert noch, sagte Katarina, als sie die Motorhaube mit einem verbogenen Drahtkleiderbügel durch den Kühlergrill öffnete. Nur ein bisschen anders als bei anderen.

Der Kleiderbügel diente auch als Radioantenne.

Katarina: Was hast du gesagt?

Paulmann: Ich? Wieso? – ich habe nichts gesagt.

Katarina: Du hast doch eben was vor dich hin genuschelt.

Paulmann: Nein.

Katarina: Führst du Selbstgespräche?

Paulmann blickte sie erstaunt an. Ist mir noch nicht aufgefallen, sagte er.

Doch, sagte Katarina, du brummst dauernd etwas vor dich hin.

Sie forderte ihn auf, seine Umzugskartons auszupacken. Er schob es hinaus. Ein Griff in die Kiste genügte, und er fand, was er brauchte, saubere Wäsche oder einen Ordner mit Unterlagen. Sein Arbeitsplatz am Fenster gefiel ihm. Eingeklemmt zwischen braunen Pappwänden konnte er so konzentriert arbeiten wie noch nie. Er fühlte sich wohl an diesem fremden Ort und kam sich vor wie auf einer Expedition, unterwegs in unbekannten Gefilden.

Paulmann war Kryos, der Gott der Kälte. Jeder Teilnehmer des Internet-Wetterturniers hatte ein Pseudonym. Wolkenreiter, Icelady, Stratus, Rainman, Wetterfröschli und drei

Dutzend andere Meteorologen, professionelle und Amateure, kämpften um die genauesten Prognosen. Als Paulmann alias Kryos bei Katarina einzog, lag er auf Platz drei der Rangliste.

Das Wort Kryos kommt aus dem Griechischen. Die Kryobiologie befasst sich mit Lebensvorgängen bei Temperaturen unter dem Gefrierpunkt. Kryoniker lassen sich nach ihrem klinischen Tod bei minus 273 Grad Celsius einfrieren, um in ferner Zukunft, wenn Wissenschaft und Technik es ermöglichen, aufzutauen und weiterzuleben. Einem Forscherteam war es sogar gelungen, einen lebenden Beagle einzufrieren und nach einigen Stunden wieder aufzutauen; danach lebte er noch.

Welches war der schönste Augenblick in deinem Leben?, fragte ihn Katarina.

Paulmann erstarrte und blickte ins Leere. Er gab darauf keine Antwort. Nicht dass es in seinem Leben keine schönen Momente gegeben hätte. Aber die Erinnerungen daran waren an einem unzugänglichen Ort verloren gegangen. Die Frage machte ihn ratlos, weil ihm klar wurde, dass er die Erinnerungen an jene Zeit von sich losgeschnitten hatte wie eine Seilschaft, die an ihm hing und die zu schwer geworden war, um beim Anstieg mitgenommen zu werden. Das Leben war kompliziert genug, er wollte sich vom Ballast befreien und nach vorn blicken.

Seit Monaten arbeitete Katarina an dem Filmprojekt. Jeden Mittag ging sie in die Firma ihres ehemaligen Freundes Edwin Baeck und setzte sich in den Schneideraum. Spätabends kam sie wieder zurück.

Eine Totgeburt, sagte Katarina, wenn sie mit Paulmann über ihre Arbeit sprach. Der Regisseur hat überhaupt kein

Konzept. Daraus wird nie etwas werden, das kannst du mir glauben. Manchmal wird mir schwindlig, sagte sie, wenn ich an die vielen Bruchstücke denke, mit denen ich mich den ganzen Tag beschäftige. Gesichter, Bewegungen, Bilder, sagte sie, alles lässt sich in beliebiger Reihenfolge aneinander hängen, sich aufeinander beziehen, lässt tausend verschiedene Bedeutungen entstehen, und wenn ich auf die Straße komme, geht es draußen weiter, ich sehe überall Bruchstücke, nicht etwa nur Gesichter, Häuser, Schlagzeilen, sondern abstehende Ohren, abblätternden Mauerputz, bunte Buchstaben, alles ohne Sinn, als wäre die Welt ein Gefäß, das in Trillionen winzige Splitter zerborsten ist und das niemand je wieder zusammensetzen kann. Meine Arbeit kommt mir dermaßen sinnlos und verkehrt vor, ich hätte Lust, alles zusammenzukehren und in den Mülleimer zu kippen, einfach alles, die ganzen fünfundsechzig Stunden Filmmaterial auf der Festplatte zu markieren und mit einem Tastendruck zu löschen –

So und ähnlich verliefen die Gespräche zwischen ihnen, wenn sie sich auf dem Flur oder in der Küche begegneten und ein paar Meinungen austauschten, bevor sie wieder auseinander gingen, in ihre Zimmer oder aus dem Haus.

Paulmann stellte sich beim Sender vor und sprach mit Jaaksen, dem Redaktor, und anderen Radiomenschen über sein Konzept für eine tägliche kurze Wettersendung. Ihnen schwebte etwas Spontanes, Improvisiertes vor, was nicht ausschließen würde, wie sie sagten, dass Paulmann sich als Fachmann für Meteorologie gut darauf vorbereiten könnte. Er sollte ihnen einen kleinen Katalog mit Themen liefern, stichwortartig. Den hatte er in kurzer Zeit beisammen und ihnen auch gleich zugeschickt. Dann musste er warten, aber das fiel ihm nicht schwer. Mit den Beiträgen für das Internetportal, der Arbeit am Institut und mit dem Wetterturnier war er zur Genüge beschäftigt.

Als sie eines Tages nebeneinander am Küchentresen standen, legte Paulmann seine Hand auf Katarinas Schulter. Die vertraulich gemeinte Geste ließ beide innehalten.

Vor mehr als einem Monat hatten sie sich kennen gelernt und waren sofort zusammen ins Bett gegangen. Seither hatten sie einander nicht mehr berührt.

Wie die Skulptur zweier Fragender standen sie eine Weile schweigend nebeneinander. Dann nahm Paulmann seine Hand wieder von Katarinas Schulter. Als hätte er etwas Unanständiges getan.

Und? Wie läuft es so bei euch?, fragte Arne im Institut.

Gut, antwortete Paulmann und wunderte sich selbst, wie fröhlich er das verkündete.

Katarina und Paulmann lebten zusammen, als hätten sich zwei Studenten am schwarzen Brett der Uni zu einer Wohngemeinschaft zusammengefunden. Hin und wieder saßen sie in der Küche, tranken Tee und redeten über Filme oder ihre Arbeit am Schneidetisch, die sie seit Wochen zunehmend zur Verzweiflung brachte. Über die Absurdität ihrer Beziehung sprachen sie nie.

In seiner Brieftasche steckte immer noch ein Passbild mit der Mobilfunknummer. Der Gedanke, dass Katarina damals unter dem Namen Reinhild eine Kontaktanzeige aufgegeben hatte, ließ ihn nie ganz los. Er blieb misstrauisch. Es gab nur eine Möglichkeit, es zu beweisen: wenn er diese Nummer wählte und in Katarinas Zimmer oder in ihrer Tasche ein Handy klingeln würde. Oder der Beweis für das Gegenteil: wenn er mit Reinhild sprechen würde, während Katarina hier war und offensichtlich *nicht* telefonierte. Da er nicht recht wusste, was es zu bedeuten hätte, wenn es so oder anders käme, versuchte er es gar nicht.

Wenn Paulmann sich nachts schlaflos im Bett wälzte und mit dem Kissen kämpfte, dachte er an Katarina, die hinter der Wand im Bett lag, und er stellte sich vor, wie sich ihr Körper anfühlte. Er hatte bisher keine Probleme damit gehabt, Realität und Fiktion klar auseinander zu halten. Nun fragte er sich manchmal, ob jene erste Nacht mit Katarina vielleicht doch nur ein Traum gewesen war.

Eines Abends kam Katarina etwas früher nach Hause. Paulmann lag bereits im Bett und las in einem neuen Buch über Shackletons Antarktis-Expedition. Als er im Flur die Schlüssel klirren hörte, zog er sich nochmals an und ging in die Küche hinaus.

Schon zurück, fragte er beiläufig und setzte Wasser auf, als hätte er das ohnehin vorgehabt.

Ich komme nicht weiter mit dieser Scheiße, sagte Katarina und legte ihr Powerbook auf den Tisch. Ich habe dem Regisseur ein Ultimatum gestellt. Entweder gibt er endlich ein Konzept vor und sagt, was er sich vorstellt –

Auch Tee?, fragte er, sie sagte: Ja.

Während Paulmann gutgelaunt den Wasserkessel aufsetzte und den Rotbuschtee aus seinem Fach im Küchenschrank nahm, machte Katarina den Computer an. Er blickte ihr über die Schulter und betrachtete die kurze, höchstens vier Sekunden dauernde Szene auf dem Bildschirm. Paulmann sah einen Mann von hinten, der sich im Gehen umdrehte und nach hinten blickte. Gleichzeitig war das aggressive Geräusch eines Wagens zu hören, der sich in großer Geschwindigkeit näherte. Immer wieder tippte Katarina auf das Touchpad ihres Powerbooks und ließ die kurze Szene von vorne laufen: der Mann, der sich erstaunt umdrehte, weil sich hinter seinem Rücken ein Wagen näherte, der geradewegs und mit hoher Geschwindigkeit auf ihn zusteuerte.

Paulmann, sagte sie plötzlich.

Sie nannte ihn ausschließlich bei seinem Nachnamen, weil der, wie sie fand, zu ihm passte. Er widersprach nicht, auch wenn er nie genau wusste, ob es ihrem Bedürfnis nach einer gewissen Distanz zwischen ihnen entsprang oder einfach ironisch gemeint war. Vielleicht war es beides.

Ich bin schwanger, sagte sie unvermittelt.

Paulmann starrte auf den Bildschirm und versuchte, den Sinn ihrer Mitteilung zu begreifen.

Wie meinst du das, fragte er dann.

Sie klappte das Powerbook zu und betrachtete das Gerät, während sie sagte: Eine männliche Samenzelle, auch Spermium genannt, ist in meinen Unterleib geschlüpft und hat die Wand einer meiner Eizellen durchbohrt. Die dreiundzwanzig Chromosomen dieses fremden Spermiums haben mit den dreiundzwanzig Chromosomen meiner Eizelle fusioniert, ohne mich um Erlaubnis zu bitten.

Paulmann fragte sich, wieso sie ihn ins Vertrauen zog. Es gab eigentlich nur eine Möglichkeit, und diese behagte ihm nicht.

Ich habe einen Test gemacht, sagte Katarina. Danach habe ich einen zweiten Test gemacht, beide waren positiv. Und heute hat mir meine Ärztin gratuliert.

Heißer Dampf schoss aus dem Teekessel, dann begann ein lauter werdendes durchdringendes Pfeifen. Paulmann wusste nicht, was er sagen sollte. Eine ungute Ahnung befiel ihn, und er nahm den Kessel von der Gasflamme.

Kann ich davon ausgehen, sagte Paulmann, dass die Tatsache, dass du mir von dieser Angelegenheit erzählst, damit zu tun hat, dass sie mich persönlich auch etwas angeht?

Sie blickte durch das Fenster auf den eindunkelnden Hinterhof hinaus und sagte: Das kannst du.

Hast du an jenem Abend gewusst, wie riskant es war?, fragte er.

Dich hat es doch auch nicht interessiert, sagte sie, dann stand sie auf und ging aus der Küche.

Paulmann verzichtete ebenfalls auf den Tee und legte die Schachtel mit den Beuteln in sein Schrankfach zurück.

AUGUST

Eines Tages ging Ida Schuhe kaufen.
Sie schaute gern gelbe Schuhe an wenn sie rote kaufen wollte. Sie schaute gern schwarze Schuhe an wenn sie überhaupt keine Schuhe kaufen wollte.

GERTRUDE STEIN

Paulmann saß in der Fensternische von Katarinas Pflanzenzimmer und sah auf den Hinterhof hinaus. Alles schimmerte grau in grau, die Mauern, der Himmel. Er konnte die Dinge nicht auseinander halten.

Wo war er da bloß hineingeraten. Er hatte auf eine Kontaktanzeige geantwortet und sich mit einer unbekannten Frau im Kino verabredet, hatte dort versehentlich eine andere Frau angetroffen und war anschließend mit dieser anderen Frau nach Hause gegangen. Einen Monat später wurde er ihr Untermieter, kurz darauf erzählte sie ihm, sie sei von ihm schwanger.

Er wollte ihr nicht unterstellen, dass das von ihrer Seite so geplant war: Kinobesuch, fremden Mann ansprechen, Schwangerschaft, Familiengründung. Aber dass das alles ein Zufall sein sollte, konnte er genauso wenig begreifen.

Schwanger.

Das Wort wollte nicht zu ihr passen. Unter schwanger stellte sich Paulmann etwas anderes vor. Eine Frau, die sich mit einem dicken Bauch keuchend die Treppen hochschleppte, hektische rote Flecken im Gesicht, Schweiß auf der Stirn. Katarinas Zustand war das nicht.

Paulmann starrte auf den Bildschirm seines Rechners und versuchte, die ungenauen Prognosen der letzten Tage zu erklären. Links und rechts hatte er Diagramme und Tabellen an die Umzugskartons geheftet. Die letzte Juliwoche war sehr wechselhaft verlaufen. Immer wieder war der Nordosten in den Einfluss neuer kleiner Tiefdruckgebiete geraten. Obwohl alles auf ein stabiles Hoch hinwies, ließ es lange auf sich warten.

Sein Textbeitrag gefiel ihm nicht besonders, aber er hatte keine Lust mehr, etwas anderes zu beginnen. Also tippte er das Passwort ein und schickte die Kolumne durch das Netz zum Server.

Als sie sich heute Nachmittag im Flur begegneten, Paulmann kam von der Arbeit, Katarina machte sich gerade auf den Weg dorthin, sprachen sie kurz miteinander. Dass ihre sonderbare Affäre wohl nicht die geeignete Voraussetzung für eine Schwangerschaft wäre, sagte sie. Obwohl sie mit ihren sechsunddreißig Jahren, fügte sie hinzu, nicht mehr lange auf eine vermeintlich richtige Gelegenheit warten könne und er immerhin kurz vor seinem vierzigsten Geburtstag stehen würde.

Das sind noch ein paar Monate hin, sagte Paulmann.

Und? Wie stehst du dazu?, fragte sie.

Zu meinem Geburtstag?

Dass ich schwanger bin, sagte sie.

Ich weiß es nicht, sagte er.

Du wirst doch wohl eine Meinung haben. Ist es positiv oder negativ für dich? Du äußerst dich überhaupt nicht dazu.

Ich weiß nicht, was ich davon halten soll, sagte er. Die Voraussetzungen sind, wie du treffend sagst, nicht ideal.

Sie entgegnete nichts, hängte sich ihre Notebooktasche um und verließ die Wohnung.

Wozu sich fortpflanzen?, dachte Paulmann, als er allein war.

Deutschland stirbt aus. Einmal in der Woche war es in der Zeitung zu lesen. Wieso sollten ausgerechnet sie beide diese Entwicklung aufhalten. Gab es überhaupt ein einziges Argument, das für die Erhaltung der menschlichen Gattung sprach? War die Arterhaltung vielleicht ein unantastbarer Grundsatz, der nicht hinterfragt werden durfte? Er saß vor dem dunklen Bildschirm, der nach dem Ausschalten leise knisterte, und blickte daran vorbei in den Hinterhof, wo auch keine Antworten zu finden waren.

Er ging in die Küche und sah das schmutzige Geschirr, das Katarina zurückgelassen hatte. Eigentlich hatten sie eine Vereinbarung getroffen: Nach dem Gebrauch war alles abzuwaschen und wegzuräumen. Diese Regel hatte sie ignoriert. Er nahm eine volle Mülltüte und trug sie durch den Hausflur in den Hinterhof. Die Sterne leuchteten, obwohl ab und zu noch große vereinzelte Wassertropfen vom Himmel fielen. Man konnte es nicht Regen nennen, nicht einmal Schauer. Das fahle Mondlicht beleuchtete die Unordnung im Hof. Die letzten Mieter waren aus dem Hinterhaus ausgezogen. Sie hatten einen Kleiderschrank in den Müllcontainer gestellt, für etwas anderes war nun kein Platz mehr. Die Müllsäcke stapelten sich neben dem Container, einige waren bereits aufgeplatzt. Zitronenschalen, Kaffeefilter und Flaschen quollen heraus. Als er die Tüte dazustellte, stieg ihm ein süßlicher Geruch in die Nase. An der Hauswand stand ein altes Motorrad ohne Räder, der Sitz war aufgerissen, der Motor rostbraun. Daneben lag anderes Zeug, wofür die ehemaligen Mieter keine Verwendung mehr gehabt hatten: ein Küchenschrank mit Spüle, ein zerfetztes Sofa, Deckenleuchter, verschimmelte Teppiche und Bodenbeläge, alles vom Regen durchnässt. Sein Blick wanderte an der Hausfassade mit den dunklen Fensterhöhlen hoch. Das Hinterhaus war nun unbewohnt.

Keine Gegend, um Kinder aufzuziehen, murmelte Paulmann und beschloss, sich dies als Argument für eine eventuell bevorstehende Diskussion zu merken.

Als er wieder hineingehen wollte, hörte er vorne an der Straße die Tür aufgehen. Schritte näherten sich durch den Hausflur, undeutliche Stimmen. Er hatte keine Lust, hier jemandem zu begegnen, und trat hinter den Müllcontainer mit dem Schrank, wo er nicht mehr zu sehen war, selber aber auch nichts sehen konnte. Die Schritte durchquerten den dunklen Hof; er wartete, bis die Person vorbeigegangen war. Plötzlich spürte er ein weiches Stupsen an seinem Bein. Es war ein Hund, der an seiner Hose schnüffelte. Den Rücken an die Brandmauer gedrückt, die Arme vor der Brust verschränkt, blieb Paulmann stehen und vermied es, den Hund anzublicken. Als eine Mädchenstimme einen undeutlichen Namen rief, entfernten sich die wischenden Pfoten in Richtung Hinterhaus.

Der August wurde heiß, während Kryos, der Gott der Kälte, den dritten Platz auf der Rangliste des Wetterturniers erfolgreich halten konnte. Morgens ging Paulmann ins Institut und arbeitete bis mittags um zwei. Danach ging er ins Freibad. Nach dem Bericht über Shackletons Expedition las er sich weiter durch die Literatur über die Antarktis. Bäuchlings auf den heißen Steinplatten liegend, die Sonne brannte ins Kreuz, stellte er fest, dass das Wasser im leuchtend blauen Schwimmbecken aussah wie das Wasser des Pazifischen Ozeans, welches auf den Hochglanzfotos die Eisklippen im McMurdo Sound umspülte.

Die Stadt war groß genug, um sich aus dem Weg zu gehen.

Katarina ging täglich in den Schneideraum.

Paulmann kehrte am späten Nachmittag in die Wohnung zurück, setzte sich in seine Nische, machte den Rechner an und schrieb seinen Beitrag für den nächsten Tag. Wenn er nicht weiterwusste, blickte er über den Bildschirm hinweg und durch das Fenster nach draußen. Die Wärme breitete sich bis in die hintersten und schattigsten Backsteinwinkel aus, nur in die Keller hinab traute sie sich noch nicht, wo es nach Ruß und Kohle roch. Das Hemd klebte schweißnass am Rücken. Er betrachtete den Himmel in dem unregelmäßigen Vieleck, das die Hausdächer frei ließen, und holte sich aus dem tiefen Blau und den quellenden grellweißen Gewitterwolken, seine Inspirationen. Abends saß er in Katarinas Wohnzimmer und studierte die Wetterleute auf den verschiedenen TV-Sendern. In ganz Europa war es heiß. In Südfrankreich und Spanien brannten die Wälder.

Katarina kam meistens erst nach Mitternacht nach Hause, während er bereits schlief. Nur morgens sahen sie sich manchmal für ein paar Minuten. Auf ihrem schlaftrunkenen Weg ins Bad warf sie ihm vor, dass er ihr ausweichen würde. Dass er sich vor seiner Verantwortung drücke.

Katarinas Benehmen war äußerst widersprüchlich. An einem Tag informierte sie sich bei ihrer Ärztin über die Möglichkeit einer Abtreibung, damit sie, wie sie sagte, ihr bisheriges Leben weiterführen könne. Am nächsten Tag wollte sie dasselbe Leben radikal geändert haben. Nichts wollte sie mehr akzeptieren. Die Arbeit an dem Filmprojekt schon lange nicht mehr. Die Einrichtung ihrer Wohnung erschien ihr ärmlich und deprimierend. Ihr Leben zu wenig zielgerichtet. Paulmanns Haltung zu stoisch, wenn nicht gar krankhaft gefühlsarm.

Du brauchst dich überhaupt nicht verpflichtet zu fühlen, sagte sie, du kannst jederzeit gehen.

Unter der trägen dickflüssigen Oberfläche der heißen Sommertage gärte das ungelöste Problem und drängte auf eine Entscheidung. Es gab drei Möglichkeiten, die in Frage kamen: Die erste war eine Abtreibung und ein schneller und definitiver Schlussstrich unter ihre sonderbare Affäre. Lieber ein Ende mit Schrecken, heißt es doch, als ein Schrecken ohne Ende. Die zweite war, dass sie zusammenblieben und zusammen ein Kind bekamen. Die dritte Möglichkeit war, dass sie sich trennten und Katarina das Kind allein bekam.

Ich weiß nicht, sagte Paulmann, ob diese Schwangerschaft eine gute Idee ist.

Dass ich schwanger bin, sagte Katarina, ist keine Idee, sondern eine Tatsache.

Katachresis: Vermengung von nicht zusammengehörenden Metaphern. Katafalk: Schwarz verhängtes Gerüst, auf dem der Sarg während der Trauerfeierlichkeit steht.

Paulmann saß im kleinen Zimmer und blätterte im Fremdwörterlexikon. Kataklase: Das Auseinanderbrechen eines Gefüges in Trümmer. Katakombe: Unterirdische Begräbnisstätte. Katalase: Zellgift.

Paulmann las weiter. Sein Finger glitt über die Seiten, und seine Gedanken verloren sich in düsteren Begriffen.

Katalepsis: Muskelstarre. Katamenien: Pluralbegriff für Menstruation. Katamnese: Abschließender Krankenbericht. Kataphasie: Sprechstörung mit mechanischen Wortwiederholungen. Kataphrakt: Schwer gepanzerter Reiter auf gepanzertem Pferd. Katastrophe: Unheil, Verhängnis, Umkehr, Wendung. Katarakt: Rasche Flut von Ereignissen. Katastase: Höhepunkt der Verwicklung vor der Katastrophe. Katatonie: Schizophrenie mit Muskelkrämpfen und Wahnideen.

Was soll man davon halten, sagte Paulmann. Eine Anhäufung von negativen Bedeutungen. Sein Finger rutschte wieder zum Anfang der Seite hoch. Kata: Abwärts. Katarina, sagte er, auch bekannt als Paulmanns Verhängnis.

Dann fand er, wonach er suchte. Katabatischer Wind: Fallwind von verheerender Zerstörungskraft.

Paulmann schrieb an einer Kolumne über den Föhn.

Seine Medienkarriere entwickelte sich zu langsam. Nachdem er ein paar Wochen lang nichts vom Sender gehört hatte, griff er zum Telefon und rief selbst in der Redaktion an.

Das Konzept für das *Wort zum Wetter* liege auf dem Tisch des Abteilungsleiters, teilte Redaktor Jaaksen mit, als Paulmann endlich mit ihm verbunden war. Wir müssen es nur angehen, sagte Jaaksen. Der Abteilungsleiter hat sich im Prinzip dafür entschieden, aber er will es erst einmal hören. Schallbender will immer alles hören, nomen est omen.

Wenn Paulmann einmal zufällig in der Nähe wäre, sollte er bei ihnen reinschauen, damit sie darüber reden könnten, es hätte aber keine große Eile, da sie im Augenblick mit anderen Produktionen beschäftigt und etwas überlastet seien.

Paulmann ließ eine Woche verstreichen, bevor er persönlich beim Sender vorsprach.

So weit ist alles klar, sagte Jaaksen, der den Ideenkatalog auf dem Schreibtisch liegen hatte, Schallbender hat seinen Segen gegeben. Ich habe mit Roesner gesprochen, unserem Moderator, den kennen Sie ja, mindestens seine Stimme. Roesner findet die Idee gut. Wenn er sie nicht gut finden würde, wäre es schlecht, aber Roesner findet die Idee gut. Fichte, das ist unser Aufnahmeleiter, der muss nun in der Disposition nachschauen, wie wir die Produktionszeiten verteilen wollen, dann nehmen wir eine kleine Versuchsreihe auf. Im Augenblick sieht es noch ein bisschen eng aus, aber das wird sich ändern.

Wie würde denn der Vertrag aussehen?, wollte Paulmann wissen. Darüber hatten sie noch nie gesprochen.

Jaaksen setzte sich in seinem Drehstuhl aufrecht hin. Darum werde ich mich jetzt sofort kümmern, sagte er und machte sich eine Notiz.

Ein paar Minuten später stand Paulmann draußen auf der Straße.

So schnell geht das eben nicht, sagte er sich, auch wenn es nur eine Fünfminutensendung ist. So etwas braucht eben seine Zeit, sagte er sich. Das wird schon klappen. Unentschlossen ging er die Kantstraße entlang und überlegte, was er mit dem Rest des Nachmittags anstellen sollte. Katarina musste eine Entscheidung treffen. Sie erwartete eine klare Haltung von ihm. Er wollte sich nicht vorstellen, was es bedeuten würde, Vater zu werden. Obwohl sich ihm ein paar bedrohliche Klischees aufdrängten. Die unappetitliche Art eines Kleinkindes, seinen Brei zu löffeln, den Mund nicht zu finden und sich die Pampe ins Gesicht und in die Haare zu schmieren und über die Wände zu verspritzen. Glucksende Tierlaute. Pfundschwere ammoniakgetränkte Windelklumpen. Eine von Kinderkram übersäte Wohnung, Rasseln, Schnuller, Bauklötze, Legosteine und angelutschte Kekse, wo man hintrat. Mit Buntstiften zerkritzelte Tapeten, zerkratzte Möbel. Er konnte nicht verstehen, weshalb erwachsene und halbwegs stilsichere Menschen so rasch zu hilflos lächelnden Idioten mutierten, sobald sie Eltern wurden. Wenn er in seinem Leben jemals mit einer Frau Kinder haben sollte, würde er diesem Chaos aus Brei und buntem Plastik jedenfalls entschieden entgegentreten.

Paulmann überlegte, ob er nach Schöneberg fahren und in der Nähe von Arnes Adresse ein paar Flaschen spanischen Rotwein kaufen sollte. Bei der Gelegenheit hätte er nachsehen können, wie die Sanierung des Mietshauses voranging. Er ließ es bleiben. Katarina hätte es sicher nicht als gutes Zeichen gedeutet, wenn er sich in der Nähe seiner früheren Wohnung herumtrieb und danach Ausschau hielt, ob er bald wieder einziehen konnte. Sie war ziemlich empfindlich geworden und lauerte geradezu auf Verhaltensweisen, die man Männern in seiner Situation gerne nachsagt. Die S-Bahn donnerte vom Savignyplatz herbei und über seinen Kopf hinweg. Er kam sich vor wie ein Gefangener auf dem Freigang. Vor knapp zwei Monaten hatte er Katarina kennen gelernt, dann war er vorübergehend bei ihr eingezogen. Und nun sollte es plötzlich um das Ganze gehen. Von einem Tag auf den anderen sollte er plötzlich für sein ganzes Leben eine Entscheidung fällen.

Als er durch die Leibnitzstraße schlenderte, entdeckte er einen Asiaten, vielleicht Vietnamesen, der auf seine Straßenseite überwechselte. Der Mann fiel ihm auf, weil er es sehr eilig hatte, durch ein steifes Bein jedoch in seiner Eile behindert wurde. Außerdem trug er einen viel zu großen und schäbigen Anzug. Das sah zwar ziemlich komisch aus, aber Paulmann empfand bei seinem Anblick eine unerklärliche Traurigkeit. Er sah diesen fremden Mann auf der Straße, dem es nicht besonders gut zu gehen schien, und er musste unwillkürlich daran denken, dass auch er einmal das Kind von jemandem war oder vielleicht noch immer ist. Irgendwann ist dieser Mensch in den Armen gehalten und gehätschelt worden. Was würden dessen Eltern wohl denken, wenn sie ihn in diesem Augenblick sehen würden? Was konnte er, Paulmann, tun, wenn in dreißig Jahren ein Kind von ihm und Katarina hinkend die Straße entlangging, schlecht gekleidet, hungrig vielleicht und verwahrlost.

Paulmanns Vater war gestorben, als er zwölf war. Er erinnerte sich an signalrote Arbeitsjacken und den unverwechselbaren Geruch nach Eisenstaub, Rost und Schmierfett, nach Eichenschwellen und Schotter in der heißen Sonne. Sein Vater arbeitete als Rangierchef auf dem Bahnhof. Eines Morgens war er auf der Frühschicht zwischen zwei Waggons geraten und erdrückt worden. Paulmann wusste nicht, wie und weshalb das passiert war. Seine Mutter hatte sich nicht näher dazu geäußert. Papa hat nicht aufgepasst, war ihr knapper Kommentar. Das war achtundzwanzig Jahre her, und es kam ihm vor, als wäre es in einem anderen Leben gewesen. Mehr noch: Die Erinnerungen an seinen Vater waren wie die Erinnerungen an einen Film, den er in seiner Kindheit gesehen hatte.

Paulmann schlenderte weiter. Nachdem er als Untermieter bei Katarina eingezogen war und noch nichts von ihrer Schwangerschaft gewusst hatte, hatte er sich manchmal vorgestellt, was zwischen ihnen geschehen könnte. Nach ihrem überstürzten Start hätte sich eine Art lockere Beziehung einpendeln können. Unverfänglich, locker, erotisch. Nun war es, als wäre die Geburt dieses Kindes ein Tor, das krachend und endgültig hinter ihnen ins Schloss fallen würde, wenn sie es einmal durchschritten hätten. Es würde sie nie mehr freilassen. Das Wort *lebenslänglich* hallte in seinem Kopf. Dann redete er sich ein, dass es ja auch nicht Katarinas Wunsch war, schwanger zu werden, und er beruhigte sich wieder.

Der Asphalt strahlte die tagsüber gespeicherte Sonnenglut aus. Zu einem Gewitter würde es auch an diesem Abend wieder nicht kommen.

Als Katarina nach Hause kam, stand Paulmann im Bad und putzte sich die Zähne. Eine ihrer Regeln besagte, dass die Tür zum Bad geschlossen sein musste, wenn jemand drinnen war. Damit der andere nicht versehentlich hereinplatzte. Paulmann trug der Hitze wegen nur eine Schlafanzugshose. Während er die Bürste im Mund kreisen ließ, betrachtete er seine rundlichen Hüften. Er hatte gerade noch so viel –

oder so wenig – Übergewicht, dass man es nett finden konnte. Er hörte die Schlüssel an der Türe klimpern. Kurz darauf ging Katarina auf dem Flur vorbei. Nun war es zu spät, die Türe zuzudrücken. Sie würde es ihm wohl verzeihen, dachte er. So schrecklich war sein Anblick nun auch wieder nicht. Er genoss seinen kleinen Exhibitionismus und putzte seine Zähne an diesem Abend besonders gründlich. Die Kauflächen rechts oben, rechts unten, außen, innen, die Kauflächen links oben, links unten, das ließ sich endlos variieren. Zwischendurch spuckte er den Zahnpastaschaum ins Waschbecken. Katarina kam herein, sagte hallo und legte einen Armreif und eine Kette vor dem Spiegel ab. Paulmann nahm einen Schluck Wasser und spülte seinen Mund, aber bevor er sein Gesicht abtrocknen konnte, packte Katarina seinen Kopf mit beiden Händen und stieß ihm ihre Zunge in den Mund, suchte die seine und saugte daran. Katarina überschwemmte ihn mit ihrer Begierde wie ein warmer Sommerregen, der unerwartet aus heiterem Himmel über ihm niederging und dem er freudig das Gesicht und den ausgetrockneten Körper entgegenreckte.

Irgendwann in der Nacht verließ er ihr Bett, in dem sie gelandet waren, und ging ins Pflanzenzimmer hinüber. Von seinem Futon aus betrachtete er den *ficus benjamini*, dessen filigranes Blätterdickicht bis an die Decke der Altbauwohnung reichte und der ihm das Gefühl vermittelte, er würde im Freien übernachten.

Wieso hast du eigentlich nie bezweifelt, wollte Katarina am nächsten Tag wissen, dass ich von dir und nicht von einem anderen schwanger bin?

Sollte ich das?, fragte er.

Glaubst du vielleicht, es gibt außer dir keine andere Möglichkeit?

Nein, versuchte er sie zu beschwichtigen, natürlich nicht.

Was heißt das jetzt?

Dass ich das natürlich nicht glaube.

Was glaubst du nicht?

Ich glaube nicht, dass du theoretisch keine andere Möglichkeiten hast.

Theoretisch? Katarina war hellhörig geworden: Was meinst du mit *theoretisch* keine andere Möglichkeit? Dass es *praktisch* keine Möglichkeit gibt? Deiner Meinung nach habe ich praktisch keine Chancen, dass mir ein anderer Vertreter des männlichen Geschlechts –?

Nein, unterbrach er sie, das meine ich nicht.

Was sagst du also dazu?

Er zögerte einen Augenblick. Das hatte nur eine Sekunde gedauert, aber für Katarina war das bereits zu lang.

Du kannst einen wirklich aufmuntern, schimpfte sie, bevor er ihr antworten konnte.

Paulmann wusste nicht, was Katarina von ihm erwartete, aber er bemühte sich, dieses Unbekannte zu erfüllen. Es war nicht einfach. Sobald er seinen Schreibtisch und das kleine Zimmer verließ, betrat er eine Bühne und wurde von Blicken verfolgt. Er fühlte sich auch dann beobachtet, wenn er allein in der Wohnung war. Wenn er durch den kleinen Flur in die Küche ging, ins Bad, in ihr Schlafzimmer. Er blieb ein Gast in der Wohnung. Sie war auch nach einem Monat ein fremder Ort für ihn, obwohl er versuchte, alles selbstverständlich zu nehmen.

Katarina stand in der Küche und setzte Wasser auf. Sie nahm den Teekrug und zwei Tassen aus dem Schrank und stellte sie auf den Tisch. Dann blieb sie vor dem Gasherd stehen und wartete darauf, dass das Wasser im Kessel kochte.

Er stand neben dem Küchentisch und sah, dass sie sich den nachgewachsenen braunen Haaransatz hatte blond nachfärben lassen.

Du brauchst nicht hier zu bleiben, wenn du nicht willst, sagte sie.

Was sollen wir tun?, fragte er.

Es war eine Dummheit, sagte sie, er sagte: Was genau meinst du jetzt?

Als das Wasser kochte, goss sie den Tee auf, brachte den Krug zum Tisch und setzte sich hin.

Es gibt doch eigentlich nichts, was zwei erwachsene Menschen untereinander nicht klären könnten, sagte er und setzte sich ebenfalls hin.

Wir sind aber nicht zu zweit, sagte sie, stand wieder auf, nahm den Einsatz mit dem Tee aus dem Krug und trug ihn, die andere Hand darunter haltend, zur Spüle hinüber. Wir sind zu dritt, sagte sie, stellte den Zucker auf den Tisch und setzte sich wieder hin.

Als du mir angeboten hast, vorübergehend bei dir zu wohnen, fragte Paulmann, hast du es da bereits gewusst?

Ich wollte erst einmal sehen, sagte Katarina, ob wir vielleicht zusammenpassen würden. Ob es überhaupt möglich wäre, rein theoretisch. Ich wollte wissen, ob wir uns verstehen, bevor du von der Schwangerschaft erfährst.

Und?, fragte er. Habe ich die Prüfung bestanden?

Wenn es unmöglich geworden wäre, sagte sie, hätte ich dir nichts davon erzählt.

Und an unserem ersten Abend, damals nach dem Kino, hast du es da auch schon gewusst?

Nein, sagte sie. Ich musste meine Spirale für eine Weile entfernen lassen, aber das Risiko war klein an diesem Abend.

Aber ein Risiko, stellte er fest.

Ein kleines, und es hat dich an dem Abend offensichtlich auch nicht interessiert. Damals nach dem Kino, da war es mir egal, das gebe ich zu, ich weiß heute nicht mehr wieso, aber es war mir egal. Vielleicht wollte ich es sogar, vielleicht habe ich es provoziert, ich war in einer sonderbaren Stimmung nach dem Film, es hätte alles geschehen können, alles –

Paulmann trank Tee und ließ sie weitererzählen.

Es stimmte alles an diesem Abend, sagte Katarina. Obwohl wir uns vorher nie gesehen hatten, stimmte alles zwischen uns. Endlich war es mal so, als ob das eigene Leben abläuft wie ein Kinofilm, aufregend, riskant, prickelnd –

Sind wir dazu nicht etwas zu alt?, fragte Paulmann.

Vielleicht muss man erst sechsunddreißig werden, sagte sie, um es zu schätzen. Es gab andere Männer, die ich lange genug kannte, und es ist trotzdem nichts daraus geworden. Außerdem weiß ich von so vielen Paaren, die sich kurz vor oder nach der Geburt ihres Kindes getrennt haben, obwohl sie vorher zehn Jahre zusammen waren. Sich lange zu kennen, scheint nicht die beste Voraussetzung für eine Familiengründung zu sein.

Und da hast du mich im Kinofoyer angesprochen.

So rede ich jetzt, sagte Katarina, an jenem Abend habe ich überhaupt nicht nachgedacht. Ich sehe schon, du verstehst mich nicht.

Wenn wir versuchen, es nüchtern zu betrachten, sagte er, was haben wir für Möglichkeiten?

Entweder behalte ich das Kind oder nicht, sagte sie.

Abgesehen von einer Adoption, sagte Paulmann, würde es theoretisch noch eine andere, eine medizinische Möglichkeit geben.

Was wäre das?, fragte Katarina.

Unzählige Menschen laufen draußen in der Welt herum, sagte er, die als Embryos jahrelang tiefgefroren waren.

Ich vermute, du gehörst auch dazu, sagte Katarina. Das war das Ende ihrer Besprechung.

Später am Abend saß Paulmann am Rechner und entwarf eine Kolumne über Wolkenformen. Draußen im Bad hörte er Katarina gurgeln. Sie hatte sich die Zähne geputzt und wollte ins Bett gehen. Er wartete, bis er das tapsende Geräusch ihrer nackten Füße auf den Dielen hörte, dann ging er ebenfalls ins Bad.

Als er an ihrer Schlafzimmertür vorbeikam, die einen Spaltbreit offen stand, sah er Katarina, die nackt vor dem Schrankspiegel stand und sich aufmerksam von der Seite betrachtete. Als sich ihre Blicke kreuzten, ging er ins Bad und putzte sich die Zähne. In seinem Bett versuchte er, sich ihren Anblick nochmals vor Augen zu führen.

Paulmann konnte lange nicht einschlafen, dann wachte er mehrmals wieder auf. Um zwei Uhr nachts stieg er aus dem Bett und ging durch die dunkle Wohnung. Ihre Schlafzimmertür war zugezogen. Er schaute durch die Fenster nach vorn auf die Straße hinaus und nach hinten auf den Hof. Dann zog er eine Trainingshose und einen Pulli über, schlüpfte barfuß in die Schuhe, nahm ihren Wagenschlüssel und ging hinaus. Inzwischen war er einige Male mit ihrem Polo Gassi gefahren. Zur Tankstelle, Reifen aufpumpen und wieder zurück. Er stieg auf der Beifahrerseite ein, kletterte auf den Fahrersitz hinüber und fuhr los. Langsam, fast geräuschlos umrundete er einmal den Park und fuhr dann langsam durch das Viertel. Die Straßen waren leer, das Licht trüb, die Einfahrten und Höfe dunkel. Ein Papierfetzen wurde vom Wind über die Straße geweht, weiter vorn eilte eine einzelne Gestalt an den Hausmauern entlang. Er drehte den Drahtkleiderbügel am Radio, bis er auf einem Sender Miles Davis fand, was ihm passend erschien.

Als Paulmann auf eine Kreuzung zufuhr, sah er im Haus gegenüber, im zweiten Stockwerk, Licht in einem Fenster und eine Person, die den Raum durchquerte. Er fuhr an den Straßenrand und stellte den Motor ab. Dann wartete er. Er sah die Person nochmals durchs Zimmer gehen. Paulmann konnte nicht erkennen, ob es eine Frau oder ein Mann war. Nach einigen Minuten erlosch das Licht. Er wartete eine Weile, dann fuhr er zur Tankstelle, kletterte über den Beifahrersitz ins Freie, pumpte den linken Vorderreifen auf und kletterte über den Beifahrersitz wieder in den Wagen. Der Angestellte hinter der Kasse beobachtete ihn argwöhnisch. Paulmann fuhr zurück, stellte den Polo auf den frei gebliebenen Parkplatz und ging leise in die Wohnung und in sein Zimmer zurück.

Paulmann kündigte an, dass er am Sonntag für sie beide kochen würde. Katarina wunderte sich, ließ es aber geschehen.

Wenn du mir damit etwas beweisen willst, sagte sie, werde ich dich nicht daran hindern.

Paulmann besorgte den Einkauf und gab sich bei den Vorbereitungen große Mühe. Er briet zwei zarte Lammrückensteaks und löschte sie mit Marsala ab, richtete dazu einen Endiviensalat mit Sesamkörnern und kandiertem Ingwer in Currysahne an und öffnete einen 94er Gran Reserva aus der Gegend von Valencia, von dem sich auch Katarina ein halbes Glas gönnte. Sie schien sein Kochen recht positiv aufzunehmen. Während des Essens sprachen sie über Filme und Lieblingsregisseure. Bevor sich eine Gemütlichkeit ausbreitete, die ihnen wahrscheinlich seltsam und befremdlich vorgekommen wäre, eilte Katarina ins Bad. Kurz danach hallte ihr lautes Würgen durch die Wohnung, und das schöne Essen ging den Abfluss hinunter.

Tut mir leid, sagte sie hinterher. Du weißt, weshalb ich mich übergebe?

Wenn du nicht magersüchtig bist und es auch nicht deine Abneigung meinem Lamm *espagnol* gegenüber war –

Bitte, unterbrach Katarina ihn, mach keine Witze darüber.

Ich werde damit leben können, sagte er.

Womit kannst du leben? Dass ich von nun an den ganzen Tag kotzen muss? Du kannst damit vielleicht leben, du hast es auch einfach.

Er war dabei, die Küche aufzuräumen. Was soll ich deiner Meinung nach tun, sagte er, sieh es doch an als das, was es ist: Jemand übergibt sich, der andere geht diskret ein paar Schritte beiseite.

Ich will keine Diskretion, sagte Katarina, und ihr Ton wurde schärfer, ich werde ein Kind von dir bekommen.

Du kannst dich so oder anders entscheiden, sagte Paulmann.

Wieso nur ich? Wieso soll nur ich mich entscheiden? Ist es dir egal? Ich meine, du lebst hier in meiner Wohnung, du bist anwesend, aber irgendwie doch nicht vorhanden. Du benimmst dich, als hätten wir hier eine Wohngemeinschaft und der Rest würde dich nichts angehen. Du wartest einfach ab, damit bist du mir wirklich keine Hilfe. Die Frist läuft ab, in der ich einen Abbruch vornehmen lassen kann. Hast du denn keine Meinung dazu? Mit vierzig Jahren muss man doch eine Meinung dazu haben.

Ich weiß es nicht, sagte er, ich weiß einfach nicht, was ich davon halten soll. Was soll ich sagen? Ja, ich möchte ein Kind mit dir haben? Wir kennen uns ja kaum –

Dann ist es ja gut, sagte sie.

Was soll gut sein?, fragte er.

Dass ich einen Termin in der Klinik vereinbart habe.

Dann hast du dich also entschieden?, fragte er, sie sagte: Ich habe einen Termin vereinbart. Entschieden ist es erst, wenn ich es hinter mir habe.

Es war Winter, und es war Nacht. Ein Mann wankte vor einem verlassenen Berghotel durch den Schnee, in der Hand eine Feuerwehraxt. Er suchte nach seiner Frau und seinem Kind. Er wollte sie beide töten. Der Mann war am Ende seiner Kräfte, stolperte durch das Heckenlabyrinth eines Irrgartens und schrie vor Wut und Verzweiflung. Dann ließ er die Axt fallen, sank erschöpft nieder und blieb im Schnee sitzen. Im Morgengrauen saß er immer noch dort. Er war erfroren. Sein Mund war halb geöffnet, die Haare, Augenbrauen und Bartstoppeln waren von pulverigem Schnee bedeckt, die Augen leicht einwärts und nach oben gerichtet, als würde er in sein eigenes Gehirn blicken wollen, um zu erfahren, was dort falsch gelaufen war.

Zu den melancholischen Klängen eines Swing-Orchesters sang eine Männerstimme *What A Sweet Romance*, während schlichte weiße Buchstaben über die dunkle Leinwand liefen.

Paulmann erhob sich als einer der letzten Zuschauer aus dem Kinosessel, verließ den Saal, durchquerte das Foyer und ging an den Filmplakaten vorbei zum Ausgang, stieß die Glastüre auf und trat ins Freie. So sah es also aus, das Ende einer glücklichen Kleinfamilie.

Hast du ein Problem, fragte Arne, als Paulmann den Rechner zum zweiten Mal versehentlich heruntergefahren hatte. Du bist leicht zerstreut.

Könnte man so sagen, sagte Paulmann.

Wie würdest du es beschreiben?, fragte Arne.

Aus einer zufälligen und flüchtigen Begegnung resultiert eine Schwangerschaft, sagte Paulmann.

Deine neue Freundin?, sagte Arne.

Sie ist nicht wirklich meine Freundin, sagte Paulmann sachlich und ohne Groll. Wir kennen uns kaum.

Soll ich dir mal was erzählen?

Paulmann war nicht nach Geschichten zumute, aber er ließ ihn reden.

Eines Tages klingelte mein Telefon, begann Arne. Vor zwei Jahren war das, ich sage hallo, es ist eine Frau, Maria, von der ich nach einigem Nachdenken ungefähr wusste, wer sie war, die ich aber nicht besonders gut kannte und die mir nun eröffnete, dass ich Vater geworden sei und ich ein Recht hätte, es zu erfahren. Ich war mir eigentlich sicher, dass ich nie etwas mit ihr hatte. Sie macht am Telefon einen ruhigen und intelligenten Eindruck, ist mir sogar sympathisch, und sie sagt, dass sie ganz sicher sei und es abgesehen davon heutzutage auch kein Problem wäre, dies feststellen zu lassen. Mein Hirn beginnt zu rotieren, mir wird ganz flau im Magen, ich überlege fieberhaft, was vor einem Jahr alles los war, ob ich irgendwann mal böse abgestürzt bin, und ich frage sie, ob sie sich nicht vielleicht irren würde. Aber sie bleibt ruhig und gefasst und sagt, dass ich definitiv der Einzige bin, der in Frage käme, weil sie seit mindestens drei Jahren mit keinem anderen Mann geschlafen hat. Es würde ihr nicht darum gehen, sagte sie, dass sie etwas von mir will. Sie wollte bloß, dass ich es weiß. Sie dachte sich, dass es mich interessieren würde und dass ich ein Recht hätte, es zu erfahren. Dass ich Vater eines kleinen Jungen bin, der Yannick heißt und eine Woche alt ist. Das hat mir wirklich die Beine wegknicken lassen. Ich konnte mich sogar vage an die Party erinnern, an der das damals passiert sein soll. Aber nicht daran, dass ich am Ende in ihren Armen gelandet wäre.

Du hast ein Kind?, fragte Paulmann ungläubig, als Arne nicht mehr weitererzählte.

Das dachte ich, sagte Arne, aber als wir eine Stunde miteinander telefoniert hatten, stellte es sich heraus, dass die Frau mich mit einem WG-Genossen verwechselte, mit Heiner, der ein halbes Jahr vorher aus meiner Wohnung ausgezogen war.

Sonntagabend, der vierzehnte Februar, zweiundzwanzig Uhr vierzig in der kalten Küche. Draußen sind es achtzehn Grad minus.

Paulmann sitzt am Tisch und versucht einen Bleistift auf die Spitze zu stellen. Wenn er die Hand öffnet, bleibt der Bleistift einen Sekundenbruchteil lang stehen und kippt dann auf eine Seite. Dutzende Male lässt Paulmann den Bleistift los und beobachtet, auf welche Seite er fällt. Er bemüht sich, den Bleistift exakt senkrecht zu stellen, bevor er ihn loslässt. Er versucht zu erraten, auf welche Seite der Bleistift kippt. In sieben von zehn Fällen kippt er anders als erwartet. Nach einer halben Stunde hat er das Prinzip erfühlt, den Bleistift senkrecht zu stellen und trotzdem zu erraten, wohin er kippt.

Dann lässt Paulmann den Bleistift liegen und betrachtet aufmerksam seine Hand, die rechte Hand, die auf dem Tisch liegt.

Obwohl er immer noch ihr Untermieter war, verabredete sich Katarina Ende des Monats mit ihm an einem öffentlichen Ort. Sie saßen in einem Café am Hackeschen Markt und tranken Tee, während das Licht der Abendsonne sich durch die großen Fensterscheiben über die dunkel gebeizten Cafétische ergoss, über das Geschirr, das blitzende Silber und den Rest der äußerst geschmackvollen Einrichtung.

Es ist nicht so, sagte Katarina, dass ich nicht weiß, dass du dir auch Gedanken machst. Aber am Ende, sagte sie, hängt alles an uns Frauen.

Paulmann ließ den Löffel in der Tasse kreisen und betrachtete den winzigen trichterförmigen Wirbel, der in der Mitte des Tees entstand.

Schweigen, sagte sie, ist auch eine Art zu reden.

Was soll ich sagen?, sagte er.

Das ist genau das Problem: Es betrifft dich gar nicht. Egal ob ich das Kind abtreibe oder es behalte, es geschieht in meinem Körper. Ich habe die Schmerzen auszuhalten. Du bist ein Mann, du hast es gut.

Er hob die Tasse mit beiden Händen zum Mund, spitzte die Lippen und blies über den Tee. Die Oberfläche kräuselte sich, und winzige Wellen schlugen an das weiße Porzellan.

Als wären die Schmerzen das Problem, sagte er.

Es geht nicht bloß darum, aber es ist bezeichnend, dass es so ist, sagte Katarina.

Was sollen wir denn tun, fragte er. Es ist nun einmal unglücklich gelaufen. Wir können die Zeit nicht zurückdrehen –

Das ist immerhin eine klare Aussage, sagte sie, in deinen Augen ist es also ein Unglück.

So habe ich es nicht gemeint. Es ist ein Unglück, dass es uns einfach so passiert ist, dass wir uns nichts dabei überlegt haben, immerhin sind wir nicht mehr sechzehn, sondern alt genug, mein Gott, Ende dreißig, bald vierzig –

Ich bin sechsunddreißig, wandte sie ein.

– und dann passiert so was, am ersten Abend, das kann man ja niemandem erzählen.

Willst du damit sagen, fragte sie, dass ich schuld daran bin?

Das habe ich nicht gesagt. Es ist genauso meine Schuld. Wenn ich das Risiko auch weniger kannte als du. Das Unglück ist, dass wir so beginnen mussten. In zwei Jahren vielleicht, wer weiß, wäre es kein Unglück mehr, sondern das Gegenteil davon.

Dieses Hin und Her kann jedenfalls nicht mehr weitergehen, sagte sie, wir müssen uns entscheiden. Wir müssen uns *beide* entscheiden.

Ich versuche alles mitzutragen, sagte er, wenn du mir sagst, wie ich es tun soll –

Das meine ich ja, als Mann kannst du mir das nicht abnehmen. Du kannst es nicht mal verstehen.

Warum soll ich das nicht verstehen können?

Für dich ist es ein abstraktes Problem, ein Gedanke. Du begreifst es nicht, weil in deinem Körper nichts geschieht.

Ja, ich weiß, sagte Paulmann, ihr Frauen habt ein Monopol auf das Leiden, auf die Schmerzen. Ihr seid die Opfer, das Geschlecht mit dem Körper. Wir Männer haben es ja so einfach im Leben.

Deinen Zynismus kannst du dir sparen.

Wenn mein Verhalten eine naturgegebene Sache ist, sagte er, wieso hältst du es mir dann vor?

Damit du dir darüber im Klaren bist. Damit du dich ändern kannst. Du kannst es immerhin versuchen.

Du willst meine Unterstützung und Solidarität?, sagte er verärgert. Die kannst du haben. Für jede Abtreibung, die du erdulden musst, schneide ich mir einen Finger ab.

Was?, sagte sie und zog ihre Augen zu engen Schlitzen zusammen. Das scharfe Zischen in ihrer Stimme hätte ihn eigentlich warnen müssen. Aber er war schon zu weit aus der Deckung hervorgeprescht und konnte sich nicht mehr verstecken.

Das wäre ein angemessener Ausgleich, sagte er.

Ihre Auseinandersetzung war wie Milch, die langsam über die Ränder schäumte, dabei verbrannte und zu stinken begann.

Du willst einen Finger opfern, wiederholte sie leise, damit ich abtreibe?

Du sollst nicht die Einzige sein, die dabei leiden muss.

Das ist mit Abstand der schlechteste Witz, den ich je gehört habe.

Ich meine es ernst.

Wie großartig!, rief sie. Das nennt man Unterstützung!

Natürlich nur unter der Voraussetzung, schränkte er ein, dass ich für das Schlamassel verantwortlich bin und nicht etwa irgendein anderer.

Im Augenwinkel bemerkte er eine flüchtige Bewegung, aber bevor er ausweichen konnte, spürte er ihre Hand in seinem Gesicht. Die Ohrfeige brannte heiß auf der Haut.

Da hast du deinen Schmerz, sagte sie und ging, ohne zu bezahlen.

Im selben Augenblick, als ihre Hand wie ein Blitz in sein Gesicht einschlug, kristallisierte sich sein bis dahin undeutliches Begehren, sie zu sehen, ihr nahe zu sein und ihren Geruch einzuatmen, zu einer glasklaren Erkenntnis: Er war verliebt. Mit einem Schlag. Noch nie hatte er jemandem so viel bedeutet, dass er geohrfeigt worden wäre.

Vor ihm auf dem Tisch lag eine Ausgabe der *National Geographic*, in der er gelesen hatte, als er vorhin auf Katarina warten musste. Er schlug das Heft nochmals auf und las den Artikel über einen nordamerikanischen Indianerstamm ein zweites Mal: Wenn ein Stammesangehöriger um einen geliebten Menschen trauerte, schnitt er sich als Zeichen des Schmerzes einen Finger ab. Den Zeigefinger für den Vater oder die Mutter. Einen kleinen Finger für ein Kind. Auf einem Gruppenfoto war zu sehen, dass die ältesten Stammesangehörigen keine Finger mehr an den Händen hatten. Nur noch Stummel.

In der U-Bahn betrachtete Paulmann die Gesichter der Fahrgäste und stellte Mutmaßungen über ihre Blickrichtungen an, über das Gewirr von sich überkreuzenden Pfeilen, die sich nicht berühren durften und auf Werbetafeln gerichtet waren, auf dunkel vorbeirauschende Tunnelwände, auf lose Schnürsenkel. Der ganze Waggon schien erfüllt von unsichtbaren spitzen Mikadostäbchen. Paulmann blickte einem jungen Mann in die Augen, die sofort nervös zur Seite zuckten und wieder zurück, und das eben noch vorhandene Gleichgewicht fing an zu zittern. Einen Augenblick lang glaubte Paulmann, die Ursachen für seine private unglückliche Angelegenheit lägen in dieser Stadt begründet. Vielleicht sollte er weggehen. Er könnte sich für einen Aufenthalt auf der Neumayer-Station in der Antarktis bewerben.

Auf dem Küchentisch lag ein Zettel mit einer kurzen Nachricht von Katarina:

Du weißt, was du zu tun hast.

Paulmann wusste nicht, was sie damit meinte. Sollte er sich endlich entscheiden? Oder sofort ausziehen? Sollte er sich ändern? Oder meinte sie seinen Finger? Katarinas Zettel erinnerte ihn an Reinhilds Kontaktanzeige. *Melde dich oder lass es bleiben.*

Wahrscheinlich war Katarina im Schneideraum und saß an ihrer Arbeit. Er schlich an den Wänden der Wohnung entlang und versuchte, sie auf ihrem Handy anzurufen. Sie hatte es ausgeschaltet, vielleicht war auch nur der Akku leer.

Er rief bei *Baeckmedia* an und fragte nach ihr. Niemand hatte Katarina in der Firma gesehen.

Er nahm sich ein Bier aus dem Kühlschrank und stellte den Fernseher an. Als das Telefon in seiner Hosentasche vibrierte, beeilte er sich, es hervorzuholen und die grüne Taste zu drücken. Es war aber nicht Katarina, sondern seine Mutter. Sie rief jeden zweiten Monat bei ihm an, um zu fragen, wie es ihm ging.

Gut, sagte er.

Kommst du in nächster Zeit vielleicht vorbei?, fragte sie, und er antwortete wie immer: Mal sehen, vielleicht.

Sie erzählte von der Föhnlage über dem Bodensee, von ihren Kopfschmerzen und den neuen Medikamenten, die sie verschrieben bekommen hatte, von seinem Stiefvater, dem es gar nicht gut ging, obwohl er fünf Jahre jünger war als seine Mutter.

Paulmann sagte: Hier gibt es nichts Neues.

Wie geht es der Frau, bei der du wohnst?, fragte seine Mutter.

Paulmann zögerte.

Keine Ahnung, sagte er dann, es geht ihr gut, nehme ich an.

Paulmann hatte seiner Mutter noch nie etwas über seine Beziehungen zu Frauen erzählt, und er tat es auch an diesem Tag nicht. Er erwähnte die Schwierigkeiten nicht, sagte nichts von der Schwangerschaft, nichts von ihrem Streit oder davon, dass Katarina abgehauen war.

Mach's gut, sagte seine Mutter, er sagte: Du auch.

Danach ging er von einem Zimmer ins nächste und wieder zurück und blickte durch das Fenster auf den Park hinaus. Die Hunde tollten im Rudel über die Wiese, die Leute saßen auf den Treppenstufen, rauchten, tranken Bier, schrien die Hunde an.

Paulmann war enttäuscht und verärgert.

Er ging in sein Zimmer hinüber, fuhr den Rechner hoch und sandte absichtlich die unwahrscheinlichsten Prognosen zum Wetterturnier. Kryos prophezeite Berlin eine Sintflut für den Monat September. Das war höchst unwahrscheinlich. Die Hochdruckgebiete des Monats September waren die beständigsten des ganzen Jahres. Paulmann wusste das, aber er wollte von der Spitze der Rangliste verschwinden. Er verdiente es nicht, unter den ersten drei zu sein.

Er legte sich auf das Bett und starrte an die Decke, bis er, nach langer Zeit, endlich einschlief.

In der Nacht wachte Paulmann auf und erschrak darüber, wie still es war. Es war weniger als still, im Zimmer herrschte ein akustisches Vakuum. Zuerst konnte er nichts erkennen in der Dunkelheit, die ihn umgab. Er wusste nicht, wo er sich befand, war sich aber sicher, dass noch jemand anderes im Zimmer war. Er konnte nichts sehen, aber er konnte es fühlen. Paulmann wusste, wenn er die Hand ausstreckte, würde er berühren können, wer oder was auch immer außer ihm im Zimmer war. Als er lange genug in die Dunkelheit gestarrt hatte, sah er undeutlich eine Gestalt auf dem Stuhl sitzen, und je länger er zu ihr hinsah, desto deutlicher erkannte er sie: Es war sein Vater. Er sah fürchterlich aus, bleich und krank, mit eingefallenen Wangen und hervorstehenden Backenknochen, die Augen in dunklen Höhlen versunken. Dann fiel Paulmann plötzlich ein, dass sein Vater, der hier im Zimmer saß, schon seit achtundzwanzig Jahren tot war, und er wurde von einer entsetzlichen Angst gepackt. In diesem Augenblick erst erwachte Paulmann, floh aus dem Bett und machte das Licht an.

Die Tür zu Katarinas Schlafzimmer stand offen. Er stellte fest, dass sie nicht nach Hause gekommen war. Es war halb drei. So lange war sie noch nie im Schneideraum geblieben. Er stand auf und ging durch die Wohnung, um sich zu vergewissern, dass sie wirklich nicht da war. Eigentlich gab es nur eine Möglichkeit: Katarina war weggegangen, um ihren Kliniktermin wahrzunehmen. Etwas anderes war nicht wahrscheinlich. Wenn sie bloß wütend auf ihn gewesen wäre, hätte sie ihn einfach zum Teufel gejagt. Schließlich war es ihre Wohnung. Sie hatte nie darüber gesprochen, wo und unter welchen Umständen ein Schwangerschaftsabbruch vorgenommen werden sollte.

Er zog sich Hosen über, schlüpfte in die Schuhe und ging nach draußen. Auf der Rasenfläche des nächtlichen Parks stand ein Hund, der in seine Richtung blickte. Auf den Treppenstufen lagen in Wolldecken und Schlafsäcke gewickelte Gestalten. Die Leute schliefen dort den ganzen Sommer über. Er dachte an die jahreszeitlichen Prognosen, die er im Augenblick berechnete. Die mit seinen Statistiken gefütterten Analogieprogramme deuteten auf einen strengen Winter hin.

Paulmann spazierte die Straße hoch bis zu ihrem Ende und wieder hinunter, ging dann in die Wohnung zurück und legte sich nochmals hin.

Katarina wollte eine Abtreibung vornehmen lassen. Das war sicher. Sicher war auch, dass er es war, der sie dazu gebracht hatte. Durch die Geschichte mit dem Finger. Ein Angebot, welches er mehr hypothetisch als praktisch gemeint hatte.

Es war nicht so, dass Paulmann unbedingt eine Abtreibung wollte. Es fiel ihm bloß schwer, etwas anderes zu denken. Zufällig war diese Frau von ihm schwanger geworden. Genauso leicht hätte es eine andere treffen können. Reinhild. Sophie. Eine von Arnes Bekannten. Etwas derart Beliebiges konnte doch keinen Bestand haben. Und Katarina konnte genau dasselbe über ihn sagen. Sollte dieser Zufall ihr ganzes Leben bestimmen?

Wenn man den Dingen lange genug ihren eigenen Lauf lässt, klären sie sich von selbst. Das hatte Paulmann immer für eine recht brauchbare Lebenseinstellung gehalten. Anders als beim Wetter funktionierte es in diesem Fall aber nicht. Den Dingen ihren Lauf zu lassen, war in ihrer Situation bereits eine Entscheidung für die Schwangerschaft.

Die Sache mit dem Finger war ein Gedankenspiel. Er hätte nicht damit gerechnet, dass Katarina ihn beim Wort nehmen würde. Nun war es offensichtlich zu spät. Katarina ließ eine Abtreibung vornehmen.

Paulmann freute sich nicht darüber. Er wusste nicht, ob er sich darüber nicht freuen durfte oder sich nicht freuen konnte. Die Sorgen, die er nun eigentlich los war, lasteten weiter auf ihm.

Am nächsten Morgen rief Paulmann im Institut an und meldete sich krank. Dann versuchte er wieder, Katarina auf ihrem Funktelefon zu erreichen. Es meldete sich bloß ihre Mailbox. Er telefonierte mit *Baeckmedia* und fragte nach Katarina. Niemand konnte ihm Auskunft darüber geben, wo sie war. Er kannte sonst niemanden, an den er sich hätte wenden können. Er suchte die Telefonnummer ihrer Ärztin heraus, unterließ es dann aber, sie anzurufen. Sie hätte ihm sowieso keine Auskunft gegeben.

Dann soll es eben nicht sein, sagte er.

Mit unverrückbarem Gewicht lagen die Dinge an ihren Plätzen. Der Topf mit Essensresten, die leeren Flaschen, das hart gewordene Brot, Katarinas Zettel auf dem Küchentisch.

Der Flügelschlag eines Schmetterlings löst keinen Wirbelsturm aus, dachte Paulmann und schrieb an diesem einunddreißigsten August einen Beitrag über die Geburt des Windes aus der Kälte:

Auf dem weiten Polarplateau der Antarktis bilden sich das ganze Jahr über extrem kalte und dichte Luftmassen, die nach allen Seiten in Richtung Küste wandern. Die abfließenden Luftmassen, schrieb er, werden in Tälern und Eisschluchten kanalisiert und beschleunigen sich. Wenn mehrere derartige Strömungen durch die zufällige Beschaffenheit der Landschaft zusammenfließen, gemeinsam die Küste erreichen und über die Eisklippen ein paar hundert Meter in die Tiefe fallen, entsteht ein Fallwind von verheerender Stärke, der gefürchtete katabatische Wind. Von einem Augenblick zum nächsten taucht er auf, ohne Vorwarnung und stärker als jeder Orkan. Mit dreihundert Stundenkilometern rast der katabatische Wind über das offene Meer und fegt alles hinweg, was sich ihm in den Weg stellt.

Ein Dummkopf, schrieb Paulmann, wer meint, es würde in dieser Situation noch eine Möglichkeit geben, sich richtig oder falsch zu verhalten. Niemand verhält sich mehr in irgendeiner Weise. Die Natur nimmt keine Rücksicht auf winzige Details wie unser Leben.

Paulmann speicherte den Beitrag ab und schickte ihn los. Den Rest des Tages verbrachte er auf dem Sofa liegend oder auf der Bank im Park. Von dort aus konnte er den Hauseingang beobachten.

Abends spazierte er die Straßen rauf und runter, als könnte er Katarina auf diese Weise finden. Schwarz und träge strömte der Fluss durch die Stadt. Er stand am Brückengeländer und beobachtete die Lichtreflexe auf den weichen

Rundungen der Wasseroberfläche. Die gelben Wagen der U-Bahn rollten über die Brücke mit den backsteinernen Türmchen. Die Sonne stand tief im Westen und war dabei, hinter den Häusern neben dem Fernsehturm zu verschwinden. Der orangefarbene Himmel ging zusammen mit der Sonne unter und ließ ein kalt schimmerndes Blau zurück, in dem ein einzelner Stern zu funkeln begann. Die Luft war warm und roch nach der nahen Kaffeerösterei und nach verschüttetem Bier. Paulmann verließ die Brücke und ging die Treppe zum U-Bahnhof hoch. Die Mäuse, kleine hüpfende Knäuel, huschten so flink über die Geleise und den rostbraunen Schotter, dass er sie kaum im Auge behalten konnte.

Nein, es ging ihm nicht gut.

Paulmann kehrte in die Wohnung zurück. Katarina war nicht zurückgekommen und hatte auch nicht angerufen.

Das war es dann also, sagte er. Eine kurze Geschichte des Zufalls. Eine lächerliche und traurige Angelegenheit.

Nun konnte er getrost seine Sachen packen und verschwinden. Es war ja alles noch eingepackt. Es hatte sich also gelohnt, die Sachen in den Umzugskartons zu belassen. Er brauchte bloß die Mitwohnzentrale anzurufen. Im August war immer irgendwo ein Zimmer zu finden. In zwei Wochen würde er vierzig werden. Ein runder Geburtstag.

Sein Kopf fühlte sich an, als wäre er in einen Schraubstock geklemmt. Er holte die Flasche mit dem spanischen Brandy aus dem Küchenschrank, nahm ein Glas und ging damit in das Pflanzenzimmer. Er setzte sich an den Rechner und betrachtete die Bilder von Shackletons Expedition in die Antarktis. Der Brandy schmeckte gut und entzündete ein Feuer in seinem Innern.

Früher oder später, sagte er sich, wird Katarina zurückkommen. Schließlich war es ihre Wohnung. Er konnte nicht einfach sitzen bleiben und warten. Er war ihr etwas schuldig. Je länger er darüber nachdachte, desto klarer wurde es ihm: Er war ihr etwas schuldig.

Du weißt, was du zu tun hast, stand auf dem Zettel.

Paulmann wusste es nun.

Shackleton und seine Begleiter erreichten Gebiete, in die vor ihnen kein Mensch vorgedrungen war. Auf dem beschwerlichen Marsch zum Südpol mussten sie nach und nach ihre Ponys erschießen, um nicht zu verhungern. Sie gingen bis an die Grenze der Selbstaufopferung. Als sie wussten, dass sie sterben würden, wenn sie noch eine Stunde weiter nach Süden marschieren würden, kehrten sie um. Sie schafften es mit großer Not, der weißen Hölle zu entfliehen. Auf den Fotos, die nach der Rückkehr von ihnen gemacht wurden, sahen sie aus wie gegrillt.

Paulmann surfte durch das Netz und sah sich Bilder über embryonale Entwicklungsstadien an. In der zehnten Woche schwimmt der Embryo in den schützenden Hüllen aus Amnion und Chorion im Fruchtwasser. Er ist etwa fünf Zentimeter groß, Arme und Beine sind vollständig entwickelt, das Gesicht ist eindeutig das eines Menschen geworden. Zehen und Hände werden von winzigen Muskeln bewegt, das Herz schlägt rhythmisch.

Paulmann goss Brandy nach. Bernsteinfarben und leicht ölig schwappte er im Glas. Er half ihm, die komplizierten Verhältnisse in eine überschaubare Ordnung zu bringen. Eigentlich war die Welt doch einfach gebaut, oder der Mensch war es, zumindest er selbst.

So viel Dummheit muss bestraft werden, sagte Paulmann.

Das war die einzige Möglichkeit zur Versöhnung. Er hatte einen Fehler gemacht und musste dafür bestraft werden. So wie er selbst es vorgeschlagen hatte. Auch wenn Katarina es nicht erwartete. Er wollte konsequent sein. Er wollte ihr beweisen, dass sie ihm nicht gleichgültig war. Dass er ernst meinte, was er sagte. Dass er bereit war, etwas für eine Beziehung zu tun. Opfer sind immer dumm und grausam. Trotzdem sind sie manchmal notwendig. Ein Opfer auf einen praktischen Nutzen hin zu hinterfragen, ist sinnlos. Das Lamm, die Witwe, der Sohn – sie mussten sterben, damit die Götter besänftigt wurden, das Schicksal milde gestimmt.

Wozu braucht man zehn Finger, sagte Paulmann.

Waren es nicht gerade deshalb so viele, damit man den einen oder anderen verlieren konnte? Er wusste, was er zu tun hatte. Er wusste nur noch nicht, auf welche Weise er es tun sollte.

Paulmann nahm die Flasche und ging in die Küche. Er legte seine Hände neben der Spüle auf die Arbeitsplatte. Er war kein Klaviervirtuose, und wenn er einen Beitrag auf der Tastatur tippte, benutzte er nur Daumen und Zeigefinger von jeder Hand. Sein Leben würde sich nicht grundsätzlich ändern, wenn ihm ein Finger fehlte.

Er schraubte den Verschluss ab und nahm einen Schluck Brandy aus der Flasche. Es war elf Uhr abends, draußen war es dunkel. In seinem Kopf hatte sich eine angenehme Schwere ausgebreitet. Mit der Flasche in der Hand ging er in den Park hinaus. Der laue Wind bewegte die Äste der Büsche und Bäume. Das leichte Schwanken der Welt störte ihn nicht. In einiger Entfernung zu der Meute auf der Treppe saß er auf einer Bank und trank weiter.

Dieses Problem wird sich nicht von alleine lösen, sagte Paulmann.

Er musste etwas unternehmen. Er erhob sich und ging ein paar Schritte auf die Büsche zu, um zu pissen. Er wankte leicht, als er die Hose öffnete. Das war der Wind. Er bewegte nicht nur die Bäume, sondern auch ihn. Er spürte das

Gras unter seinen Schuhen und wunderte sich, wie elastisch und gleichzeitig fest er mit beiden Beinen auf dem Boden stand. Auch die Leute da drüben haben ein Recht zu leben, sagte er laut. Nicht nur das, sie haben sogar das Recht, so zu leben, wie sie es für richtig halten, sagte er. Der Klang seiner Stimme flößte ihm Mut ein. Schließlich sind es Menschen, sagte er. In der einen Hand hielt er die Flasche, mit der anderen passte er auf, dass er sich nicht die Hosenbeine nass spritzte. Dann liefen ihm Tränen über das Gesicht.

Die Flasche war praktisch leer. Er suchte nach einem Abfalleimer, umrundete den halben Park und sprach mit sich selbst. So ist das also, wenn du stark betrunken bist. Nicht dass er zum ersten Mal zu viel getrunken hätte. Aber noch nie hatte er so viel Alkohol in so kurzer Zeit in sich hineingeschüttet. Etwas in ihm drinnen beobachtete nüchtern, wie er von einer Seite des breiten Gehsteigs zur anderen Seite wankte. Die Beine schienen als Erste betrunken zu sein. Dann folgten die Augen. Angestrengt versuchte er zwei schwebende Straßenschilder so zu fokussieren, dass sie deckungsgleich wurden. Es gelang ihm nicht. Wieder wunderte er sich darüber, wie klar er seine Sehstörung analysieren konnte. Er ging schwankend die Straße hinunter, an den Schaufenstern vorbei. Dann blickte er durch die Scheiben in den hell erleuchteten Raum eines Copyshops und sah, dass er noch geöffnet hatte. Er kannte das Geschäft und auch die Frau an der Kasse, und er wusste, wo er hin wollte. Im hinteren Raum hatte er für das Institut fünfzig Exemplare des Jahreszeitenbulletins kopiert, geschnitten und gebunden. Mit einigem Schwung ging er an der Frau und ihrem einzigen Kunden vorbei, bevor sie dazu kam, sich ihm zuzuwenden. Um die Hände von der Gefahrenzone fern zu halten, mussten an der hydraulischen Schneidemaschine links und rechts gleichzeitig ein grüner und ein roter Knopf gedrückt werden. Er kannte aber den Trick, die Sicherheitsvorkehrung zu umgehen, eine Hand freizubekommen und damit die Arbeit zu beschleunigen. Jedenfalls war das nüchtern nicht besonders schwierig gewesen. Er riss irgendwo ein kleines Stück Pappe weg und versuchte, mit ihm den grünen Knopf an der rechten Seite der Maschine festzuklemmen. Nach einiger Mühe gelang es ihm auch. Dann fischte er eine Zeitung aus dem Papierkorb, verbarg darin seine Hand, schob sie über die markierte Schnittlinie und drückte mit der anderen Hand den roten Knopf, der sich auf der anderen Seite der Maschine befand. Mit einer summenden Bewegung glitt das Messer nieder und durchschnitt die Zeitung.

Paulmann presste die Hand an seinen Körper, wankte und machte ein paar Schritte auf den Ausgang zu, da versagten seine Beine ihren Dienst, und er wurde von Dunkelheit umfangen –

SEPTEMBER

Es ist niemals die Zeit, die vergeht.

RALF ROTHMANN

Im innersten Kreis der Hölle, schrieb der Florentiner Dante Alighieri in seiner *Göttlichen Komödie*, herrscht tiefer Frost.

Paulmann erinnert sich an einen toskanischen Bauern. Vor einigen Jahren, als er nach dem Weg zu einem Dorf namens Leoncino fragen wollte, betrat er ein niedriges Haus an der Landstraße. Es war in der Nähe von Siena, im April, kurz vor Ostern. Verwöhnt von ihrem mediterranen Klima, haben die Italiener nicht viel Gedanken an Heiztechniken verschwendet. Der Bauer, ein kleiner, hagerer Mann, hatte in der Küche einen Hocker in seinen großen offenen Kamin gestellt, saß gebückt im rußgeschwärzten Schlund und rieb seine Hände über dem kläglichen Häufchen Glut zu seinen Füßen.

In dieser Februarnacht bietet Paulmann einen ähnlichen Anblick: Bekleidet mit Mantel, Winterschuhen und Wollmütze sitzt er in der kalten Küche, ohne Strom, ohne Heizung, während die Außentemperatur weiter fällt. Die Teelichter werfen ein flackerndes Licht auf seine Hände, die auf dem Tisch liegen. An der linken Hand sind fünf Finger, an der rechten vier Finger und ein Stummel.

Der soll für meinen Vater gelten, denkt Paulmann.

Als er aus seiner Ohnmacht erwachte, verspürte er einen quälenden Durst. Er versuchte sich zu orientieren und stellte fest, dass er nicht mal wusste, in welcher Jahreszeit er sich befand. Die Erinnerungen an die letzten Stunden und Tage schienen aus seinem Gedächtnis entfernt worden zu sein. Er fühlte sich ausgetrocknet und elend. Wenn er den Kopf nach links drehte, sah er durch das Fenster eine Fassade und den bedeckten Himmel, der alles Mögliche bedeuten konnte. Wenn er den Kopf etwas anhob, sah er über das Bett, in dem er lag, und einen langen Flur hinunter, von dem mehrere Türen abgingen. Aus einer dieser Türen trat eine Frau in einem blassgrünen Arbeitskleid und kam an seine Seite. Er versuchte das Wort *trinken* auszusprechen, aber die Zunge klebte am Gaumen fest.

Wollen Sie etwas trinken, Herr Paulmann, fragte sie, und er nickte, überwältigt von einem Gefühl der Dankbarkeit.

Sie werden bald in ein Zimmer gebracht, sagte die Frau, wir sind im Augenblick etwas überbelegt.

Er befand sich offensichtlich in einem Krankenhaus. Er wusste weder, wie er hierher gekommen war, noch warum. Es interessierte ihn nicht weiter, wieso sein Bett auf dem Flur des Krankenhauses stand und nicht in einem Zimmer. Das Unwohlsein war so umfassend, dass es alles andere überdeckte. Er sah eine Plastikflasche, die neben ihm kopfüber an einer Metallstange hing und von der ein Schlauch zu einer Infusionsnadel führte. Die Nadel steckte in seinem linken Arm. Das Bedürfnis zu schlafen und das Bedürfnis zu erbrechen kämpften eine Weile gegeneinander an, dann obsiegte das erste, und er schlief wieder ein.

Als er erneut erwachte, fühlte er sich noch schlechter. Er war in der Zwischenzeit in ein Zimmer geschoben worden. Die Krankenschwester kam und brachte ihm eine kleine Plastikflasche ans Bett.

Tee, sagte sie und hielt ihm die Trinkflasche hin. In einem ersten gierigen Reflex wollte er die Flasche ergreifen, da konkretisierte sich sein allgemeines Unwohlsein zu einem pochenden Schmerz in der rechten Hand. Er stellte fest, dass die Hand bis über das Handgelenk hoch eingebunden war und sich nicht bewegen ließ. Sein Durst war furchtbar, er griff die Flasche mit der linken Hand und saugte sie in einem Zug leer.

Wir haben Sie bloß vorübergehend in dieses Zimmer verlegt, sagte die Schwester.

Mehr, sagte Paulmann und reichte ihr die Flasche. Als sie nickte und damit hinausging, war er grenzenlos dankbar.

Wieso konnte er sich nicht an die Jahreszeit erinnern? Irgendwie war ihm, als wäre es Winter, strenger Winter sogar. Oder war er bereits vorbei und der Frühling da? Oder doch schon Sommer? Wie konnte er nicht mehr wissen, in welcher Jahreszeit er sich befand. Er wusste seinen Namen und auch, dass er Meteorologe war.

Die Prognosen für den nächsten Winter waren fertig. Das Institut war kurz davor, sie zu veröffentlichen, also war es Sommer. Und er war am Verdursten! Das Fläschchen Tee war nur ein Tropfen gewesen. Es fiel ihm ein, dass er eine Menge Alkohol getrunken hatte, und er wusste plötzlich auch wieder weshalb.

Gestern Nacht, der Brandy, der Schmerz in der rechten Hand und Katarina, dachte er. Sie wird ihren Kliniktermin inzwischen hinter sich haben.

Paulmann drehte seinen Kopf zur Seite und sah, dass er nicht allein im Zimmer war. Die Person im Bett neben ihm richtete sich auf. Es war ein Junge, vielleicht acht Jahre alt, sein Kopf und sein linker Arm waren eingebunden. Er schaute verstohlen in Paulmanns Richtung und wieder weg, nahm dann ein Buch und tat, als ob er lesen würde. Paulmann wollte ihn grüßen und fragen, was er da lese, aber nach einem gekrächzten Hallo schwieg er wieder. Der Hals schmerzte beim Sprechen.

Wie geht es Ihnen?, fragte der Arzt, der später an sein Bett trat. Er bemühte sich, leise zu sprechen. Paulmann hatte inzwischen fünf oder sechs der kleinen Teeflaschen getrunken und nickte.

Können Sie sich erinnern, was in der Nacht geschehen ist?

Ungefähr, sagte er.

Der Junge im Nebenbett ahnte, dass ihn dieses Gespräch nichts anging. Trotzdem lauschte er aufmerksam.

Sie sind ein paar Minuten nach Mitternacht eingeliefert worden, sagte der Arzt. Mit zwei Komma eins Promille und der Verletzung an Ihrer rechten Hand. Wissen Sie noch, wie es dazu kam?

Im Copyshop, sagte Paulmann.

Die Schnittlinie verlief schräg über Ihre Hand, erklärte der Arzt und zeigte den Verlauf an seiner eigenen Hand. Können Sie sich erinnern, wie das passiert ist?

Paulmann erinnerte sich an die Zeitung, die er mit der flachen Hand unter das Messer der Schneidemaschine geschoben hatte, und schüttelte den Kopf.

Am Ringfinger fehlen nur ein Stückchen der Kuppe und ein Stück des Nagels, sagte der Arzt, aber der kleine Finger ist beim Mittelhandknochen abgetrennt worden. Auf ihn werden Sie in Zukunft verzichten müssen, sagte der Arzt und blickte ihn prüfend an.

Paulmann wandte den Kopf in Richtung des Fensters. Das war seine persönliche Angelegenheit.

Die Feuerwehr, fuhr der Arzt fort, hat die Schneidemaschine zerlegt und nach dem Finger gesucht, aber er war nicht mehr zu finden. Alles in allem haben Sie noch Glück gehabt, dass es nur ein Finger war. Sie hätten genauso leicht Ihre Hand verlieren können. Wir haben unser Möglichstes getan. Ich denke, das Resultat wird nach der Genesung nicht schlecht aussehen.

Als der Arzt aus dem Zimmer gegangen war, fragte Paulmann die Krankenschwester, wo seine Sachen seien.

Die Kleider sind im Schrank, Ihre persönlichen Sachen sind in der Schublade neben Ihnen.

Ist mein Telefon auch da?, fragte er. Die Schwester holte sein Handy aus der Schublade und hielt es ihm hin. Soll ich eine Nummer für Sie wählen?, fragte sie. Er schüttelte den Kopf. Mit dem linken Daumen wählte er sich durch das Menü und stellte eine Verbindung her.

Katarina ging nicht ans Telefon.

Er hinterließ ihr eine Nachricht auf der Mailbox: Ich bin im Krankenhaus in Friedrichshain, sagte er, es ist nichts Schlimmes.

Dann wählte er eine andere Nummer aus dem Verzeichnis. Gestern hatte er die Wetterkolumne über den katabatischen Wind auf die Radio-Website gesetzt. So schnell würde er keine neue schreiben können. Er telefonierte mit Voigtländer, dem Webmaster des Senders, und informierte ihn über seinen Unfall. Voigtländer wollte wissen, wie das hatte geschehen können. Paulmann erzählte knapp, dass er ein paar Zeitungsartikel kopieren und binden wollte, sich dabei ungeschickt angestellt und verletzt hätte.

Dann war die Kolumne über den kannibalischen Wind wohl eine düstere Vorahnung, sagte Voigtländer.

Katabatischer Wind, korrigierte ihn Paulmann, Fallwind.

Sag ich doch, sagte Voigtländer.

Paulmann wies Voigtländer darauf hin, dass er in den nächsten Tagen auf die Reserveartikel zurückgreifen konnte.

Nach dem Anruf starrte Paulmann an die Zimmerdecke. Der Junge blickte ängstlich zu ihm hinüber.

Das unangenehme Feuer in seinen Adern wurde weniger, je mehr Tee Paulmann trank. Die Schwester ging zu größeren Trinkflaschen über, und langsam begann er sich besser zu fühlen. Der Junge, mit dem er vorübergehend das Zimmer teilte, verriet ihm, dass er Leo hieß. Er war von einem Auto angefahren worden, als er mit dem Fahrrad unterwegs war, und konnte sich nicht mehr daran erinnern, wie es geschehen war. Leo war schon über eine Woche hier und konnte es kaum erwarten, wieder nach Hause zu gehen. Inzwischen freute er sich, jemanden im Zimmer zu haben. Der Junge löcherte ihn mit Fragen zum verlorenen Finger. Die spärlichen Antworten schienen ihn nicht zufrieden zu stellen. Paulmann rettete sich in den ausführlichen Bericht über Shackletons Expedition zum Südpol. Die Geschichte fesselte den Jungen. Sie diskutierten über die Größe der Antarktis oder darüber, ob man Ponys essen konnte und unter welchen Umständen man so etwas vielleicht sogar tun musste. Vor dem Abendessen kam das Personal, um Paulmanns Bett in eine andere Abteilung zu schieben. Leo wollte ihm zum Abschied das Buch schenken, das er den ganzen Tag immer wieder in die Hand genommen und ihm gezeigt hatte: *Die Schneekönigin* von Hans Christian Andersen, mit wunderschön aquarellierten Eislandschaften.

Das kann ich nicht annehmen, sagte Paulmann, sicher hast du das von jemandem geschenkt bekommen.

Der Junge bestand darauf, dass er das Geschenk annahm.

Das Buch ist viel zu kostbar, sagte Paulmann, so etwas darfst du nicht verschenken.

Doch, ich darf das, sagte der Junge mit großem Ernst, es gehört mir, und ich schenke es dir.

Außerdem habe ich nichts, was ich dir schenken könnte, versuchte Paulmann einzuwenden.

Das macht nichts, sagte der Junge, schenken und tauschen ist nicht dasselbe.

Paulmann nahm das Bilderbuch entgegen und bedankte sich.

Was für ein Datum haben wir heute, fragte Paulmann, als am nächsten Morgen eine Krankenschwester in das neue Zimmer kam.

Heute ist der zweite September, sagte sie.

Was für ein Wochentag?, fragte er, sie sagte: Freitag.

Freitag, der zweite September.

Ja.

Wie lang bin ich jetzt schon hier?

Sie sind vorgestern Nacht eingeliefert und operiert worden. Heute beginnt Ihr zweiter Tag im Krankenhaus.

Paulmann erinnerte sich. Gestern Abend hatte ihn eine Schwester in dieses Zimmer geschoben. Die Infusion war entfernt worden. Außer ihm waren noch zwei andere Männer im Zimmer. Ihren Gesprächen entnahm Paulmann, weshalb sie hier waren. Der Bauarbeiter war vom Gerüst gefallen und hatte sich den Beckenknochen gebrochen. Der Koch hatte seine dritte Knieoperation vor sich.

Was für Wetter haben wir heute?, fragte Paulmann. Der Ausblick aus dem Fenster bot wenig Anhaltspunkte.

Ein bisschen bedeckt, sagte die Schwester, stellte ein Tablett mit Frühstück auf sein Bett und richtete das Bett mit einem Knopfdruck auf. Seine rechte Hand war eingebunden und schmerzte bei jedem Versuch, die Finger zu bewegen. Er frühstückte ohne Appetit mit der linken Hand.

Paulmann bekam überraschenden Besuch.

Ein Beamter der Bundesunfallkasse wollte sich mit ihm unter vier Augen unterhalten. Paulmann erhob sich aus dem Bett und verließ das Krankenzimmer. Er trug die eingebundene rechte Hand mit der linken wie einen Gegenstand vor sich her. Sie gingen ans Ende des Flurs, wo ein paar Stühle standen.

Herr Paulmann, sagte der Mann.

Sie setzten sich nebeneinander hin. Der Beamte legte den Aktenkoffer auf seine Oberschenkel, klappte ihn auf und entnahm ihm verschiedene Papiere.

Durch Ihre Verletzung haben Sie Anspruch auf eine Ausgleichszahlung wegen Teilinvalidität. Der Verlust eines kleinen Fingers macht sieben Prozent der Versicherungssumme aus.

Ich soll Geld erhalten?

Sie haben Anspruch darauf.

Ich will kein Geld, sagte Paulmann.

Trotzdem bin ich verpflichtet, den Unfallhergang aufzunehmen. Aus dem Protokoll des Notarztes geht nicht eindeutig hervor, Herr Paulmann, was Sie um Mitternacht an der Maschine des Kopiergeschäftes schneiden wollten.

Ich habe es vergessen, sagte Paulmann, ich hatte was getrunken, ich war auf dem Nachhauseweg. Ich brauche kein Geld von der Versicherung.

Mit dem Geld können Sie tun und lassen, was Sie wollen. Ich muss der Sache ohnehin nachgehen, um auszuschließen, dass wir es hier mit einer Selbstverstümmelung zur Erschleichung von Versicherungsleistungen zu tun haben. In diesem Fall müsste die Bundesunfallkasse Anzeige erstatten.

Völlig abwegig, sagte Paulmann, wer schneidet sich denn für ein bisschen Geld einen Finger ab, wer tut denn so was.

Dann sagen Sie mir, was Sie kurz vor Mitternacht in einem Kopiergeschäft schneiden wollten.

Zeitungsartikel, ich wollte sie zuschneiden und kopieren, nicht nur einer, mehrere Zeitungsartikel –

Was für Artikel sollen das gewesen sein?, fragte er.

Eine Magazinbeilage über Klimaveränderungen. Ich bin Meteorologe und schreibe für den Rundfunk –

Nachts um zwölf?

Ein Zufall, sagte Paulmann, ich war betrunken. Es war ein blöder Zufall, zugegeben, dumm und nutzlos, ich will wirklich nicht das Geringste davon profitieren, und ich wundere mich, dass ich für dieses unsägliche Missgeschick jetzt auch noch eine Erklärung abgeben muss –

Sie würden sich nicht mehr wundern, Herr Paulmann, wenn Sie meinen Berufsalltag kennen würden, sagte der Versicherungsbeamte. Er packte seine Papiere wieder ein. Bevor er sich von Paulmann verabschiedete, sagte er: Der Mensch entwickelt eine große kriminelle Energie, wenn seine Existenz bedroht ist.

Paulmann erwachte aus dem nachmittäglichen Dämmerschlaf, rollte sich auf die andere Seite und blickte in Katarinas Gesicht. Sie saß auf einem Stuhl neben dem Bett. Er wusste nicht, wie lange sie schon dagesessen hatte. Sie blickten sich an und brauchten lange, um einen Anfang für ein Gespräch zu finden.

Wie geht es dir?, fragte er als Erster, und Katarina antwortete: Es geht. Nach einer Weile fragte sie: Wieso hast du das getan?

Es ist nicht weiter tragisch, sagte Paulmann.

Das Gespräch verlief stockend.

Ich verstehe nicht, sagte sie nach einer langen Pause, wie man so etwas tun kann.

Er konnte es ihr nicht erklären. Nicht hier und nicht jetzt.

Hast du nun alles hinter dir?, fragte er, sie sagte: Nein, ich habe nun alles vor mir.

Er glaubte zu wissen, was Katarina damit meinte, aber er fragte trotzdem nach: Was heißt das?

Auf dem Heimweg vom Hackeschen Markt war sie wütend gewesen. Die Ohrfeige für Paulmann war viel zu wenig, um ihrer Wut ein Ventil zu sein. Sie hatte vor, nach Hause zu gehen und all seine Sachen aus dem Fenster zu werfen oder, etwas weniger theatralisch, ins Treppenhaus zu stellen. Sie kam zum Schluss, dass es ihr nicht weiterhelfen würde, wenn sie allein in der Wohnung säße und sich für oder gegen eine Abtreibung entscheiden müsste. Sie wollte weg und alles hinter sich lassen, Paulmann, das verhasste Filmprojekt, an dem sie schon viel zu lange für viel zu wenig Geld arbeitete, ihr bisheriges Leben, das ihr nicht mehr gefiel. Wenn sie schon nicht aus ihrer Haut schlüpfen konnte, wollte sie wenigstens alles andere abstreifen, was an ihr klebte wie eine abgestorbene Hülle. Es war an der Zeit, sich neu zu orientieren. Am nächsten Tag war der Termin für den Schwangerschaftsabbruch. Bis dahin musste sie mit sich selbst ins Reine kommen. Sie stopfte ein paar Dinge in eine Tasche, legte Paulmann einen Zettel hin und verließ die Wohnung.

Am Nachmittag spazierte sie in Richtung Volkspark und sah überall Mütter mit Kindern, in den Straßencafés, im Park, auf dem Spielplatz, beim Einkaufen. Sie versuchte sich vorzustellen, wie sie mit einem Kind in der Stadt unterwegs wäre. Es dämmerte ihr, dass ihr niemand in ihrer Situation helfen konnte. Niemand würde ihr die Verantwortung abnehmen und sagen, was recht und unrecht war, richtig oder falsch. Sie hätte sich zwar gewünscht, die Entscheidung nicht alleine fällen zu müssen, aber sie sah ein, dass sie von Paulmann nichts erwarten konnte. Dass er sich so abstoßend dumm verhalten hatte, quälte sie ebenso wie der ungewisse Verlauf der Schwangerschaft.

Am späten Nachmittag fuhr sie zu ihrer Freundin Josie, die mit ihren zwei Töchtern in Steglitz wohnte.

Katarina schaute zu, wie Josie die Hausaufgaben der Mädchen kontrollierte und anschließend mit ihnen Musik übte. Mit der Größeren eine halbe Stunde Klavier, mit der Kleineren eine Viertelstunde Blockflöte.

Du lebst allein, sagte Katarina, und schaffst es irgendwie auch ohne Mann.

Das mache ich nicht freiwillig, sagte Josie, das kannst du mir glauben.

Sie aßen zusammen Abendbrot, danach brachten sie die Mädchen gemeinsam ins Bett. Katarina nahm den eigentümlichen Geruch des Kinderzimmers wahr, eine Mischung aus Bleistiften, Gummibärchen und Weichspüler, sie sah das Heer der Kuscheltiere und Puppen und die aufgedrehten kichernden Mädchen in ihren Pyjamas und dachte, dass es ein Fehler war, hierher zu kommen.

Später am Abend, als die Kinder endlich schliefen, erzählte Katarina über sich und Paulmann und über ihren bevorstehenden Termin für einen Abbruch. Sie wollte die Meinung von Josie hören.

Ich kann dir zu gar nichts raten. Schau mich an, in meinem Leben hat neben den Kindern nicht mehr viel Platz. Sie sind meine Last und gleichzeitig mein Trost. Niemand kann dir deine Entscheidung abnehmen, sagte Josie, schon gar nicht ein Mann. Auf den kannst du dich, wie du ja selber siehst, nicht verlassen.

Am Morgen wachte Katarina auf und hörte, wie Josie und die Mädchen aufstanden, frühstückten und zusammen aus dem Haus gingen. Katarina blieb liegen, in die Bettlaken gewickelt. Um elf musste sie in der Klinik sein. Vor dem Schlafzimmerfenster stand eine Birke mit feinen schwarzen Ästen. Katarina betrachtete die hellgrünen Blätter, die im Wind wirbelten, während sie im Bett auf eine Eingebung wartete, auf einen Gedanken, eine Stimme, eine Erkenntnis, auf irgendetwas, was sie zu einer Entscheidung veranlassen würde. Eine Stunde verging, ohne dass sie aufgestanden wäre, dann noch eine. Es war ihr klar, dass sie auf diese Weise zu spät kommen würde. Dann war es elf Uhr, und sie wickelte sich tiefer in die Bettdecke, wie eine Raupe in ihren Kokon, und rührte sich nicht mehr. Ihr wurde heiß, als hätte sie Fieber. Der Mittag ging vorüber, sie schlief wieder ein, träumte seltsame Dinge, wachte auf, träumte mit offenen Augen weiter. Sie blieb den ganzen Nachmittag im Bett liegen. Der Termin war ungenutzt verstrichen, und je weiter sie sich von ihm entfernte, desto klarer wurden ihre Gedanken. Als würde sie langsam aus einem Alptraum erwachen. Sie hatte kurz davor gestanden, etwas aus ihrem Leben herauszuschneiden, um es vielleicht an einer anderen Stelle, zu einem späteren, scheinbar passenderen Zeitpunkt wieder einzufügen. Alles wurde nach Belieben zerschnipselt und anders, vermeintlich besser zusammengesetzt, nicht nur Filme, sondern der Mensch selbst, die ganze Welt, überall wurde das Skalpell angelegt, in fremden Ländern, in den Körpern, in den Genen, in den Beziehungen zu anderen – an Paulmanns Idee von der Opferung eines Fingers wollte sie gar nicht denken. Alles schien machbar im Zeitalter der Chirurgie. Noch ein Schnitt und noch ein Schnitt –

Nachmittags um vier stand sie auf und trat auf den Balkon hinaus. Auf dem grasbewachsenen Mittelstreifen der mehrspurigen Straße ratterte ein Rasenmäher. Die Messer erfassten einen Gegenstand, es gab einen hässlichen Knall, als ob eine Flasche zerbersten würde. Der laue Wind trug den wunderbaren Geruch des frisch geschnittenen Grases zu ihr hoch und ließ sie tief einatmen.

Sie hatte sich entschieden.

Deinen Finger hättest du dran lassen können, sagte Katarina.

Die beiden Patienten warfen Blicke über die Ränder ihrer Zeitschriften.

Paulmann fühlte sich nach ihren Worten seltsam erleichtert. Als würde eine große Last von ihm fallen. Er betrachtete seine eingebundene rechte Hand, die auf dem Bett lag.

Damit werde ich leben müssen, sagte er.

Ich verstehe dich nicht, wie kann man so etwas nur tun?, sagte sie und betrachtete das Krankenzimmer, als hätte sie nicht vor, noch einmal hierher zu kommen, und müsste sich deshalb alles einprägen. Dann fragte sie: Wie lange musst du noch hier bleiben?

Morgen oder übermorgen werden sie mich gehen lassen, sagte er, und nach einer Weile fragte er: Was sollen wir nun tun?

Du brauchst dich zu nichts verpflichtet zu fühlen, sagte Katarina. Niemand erwartet etwas von dir. Ich schaffe das auch alleine.

Der Koch und der Bauarbeiter blickten sich an.

Kannst du bei jemand anderem wohnen?, fragte Katarina.

Sicher, sagte Paulmann, obwohl ihm im Augenblick niemand einfiel.

Als Paulmann am vierten September aus dem Krankenhaus ins Freie trat, strich ein kühler Wind über sein Gesicht. Der Geruch war ihm vertraut.

Herbst, sagte Paulmann und trat aus dem Schatten der

Bäume auf die Straße hinaus. Es geschah so plötzlich, als hätte jemand einen Schalter gekippt und die neue Jahreszeit angeknipst. Die Bäume standen noch im saftigen Grün, und das grelle Sonnenlicht blendete, aber all das konnte die Ankündigung des Herbstes nicht rückgängig machen.

Obwohl er noch krankgeschrieben war, ging Paulmann auf direktem Weg ins Institut. Seine Hand war eingebunden, der Arm ruhte in einer Schlinge. Er ging in seinen Raum und setzte sich an den Rechner. Er wollte eine neue Kolumne schreiben, bevor der Webmaster jemand anderen suchte. Er tat es mit der linken Hand. Das ging sehr viel langsamer. Vor allem das Tippen der Großbuchstaben war umständlich. Er schrieb wie in Zeitlupe. Während die Finger der linken die Buchstaben suchten, lag die eingebundene rechte Hand ruhig auf dem Tisch.

Arne Wells kam mit einem Becher Kaffee in den Raum und holte, als er seinen Kollegen antraf, einen zweiten Becher. Dann hörte er sich aufmerksam die Schilderung des Hergangs an. Paulmann stellte es als dummen Unfall dar. Es war ihm nicht angenehm, dass Arne skeptisch nachfragte und mit der Erklärung nicht ganz zufrieden zu sein schien.

Arne hatte eine unangenehme Mitteilung zu machen. Er redete nicht lange um den heißen Brei herum: Das Langzeitprojekt des Instituts sollte zum Ende des laufenden Jahres eingestellt werden. Paulmanns zeitweilige Anstellung würde somit nicht verlängert werden.

Dass es ausgerechnet jetzt mitgeteilt wird, ist reiner Zufall, sagte Arne. Es hat überhaupt nichts damit zu tun, dass du ein paar Tage gefehlt hast.

Ein Unglück kommt selten allein, sagte Paulmann, Stelle weg, Wohnung weg.

Und ein Finger, sagte Arne ernst.

Paulmann betrachtete den Verband und nickte.

Abends schlief er bei Arne auf dem Boot.

Sie lagen auf den gepolsterten Pritschen, das Boot schaukelte sanft, Wasser gluckste und plätscherte unter dem hölzernen Rumpf.

Wie im Mutterbauch, sagte Paulmann und führte die Bierdose vorsichtig mit der linken Hand zum Mund.

Was wirst du nun unternehmen?, fragte Arne.

Mitwohnzentrale, sagte Paulmann. Weiterarbeiten bis zum Ende des Jahres, Bewerbungen schreiben. Aus der Netzkolumne wird vielleicht eine tägliche Radiosendung.

An der Kajütendecke, eine Armlänge über seinem Gesicht, baute eine winzige Spinne an ihrem Netz.

Am fünften September wurde Paulmann vierzig Jahre alt. Er saß in einem fremden Appartement, das ihm von der Mitwohnzentrale vermittelt worden war, und zupfte an der Bandage seiner rechten Hand. Sein Denken verlief in anderen Bahnen als früher. Vielleicht war es die Aussicht, Ende des Jahres keine Arbeit mehr zu haben. Vielleicht war es die neue Umgebung, ein modernes kleines Appartement in der Nähe des Alexanderplatzes, nur drei U-Bahn-Stationen von Katarina entfernt. Wahrscheinlich aber lag es daran, dass er alles mit der linken Hand machen musste. Die einfachsten Verrichtungen waren kompliziert geworden. Sich anzuziehen war ekelhaft umständlich.

Das Appartement gehörte einem Anglistikstudenten, der ein dreimonatiges Austauschstipendium der Universität von Edinburgh erhalten hatte. Paulmann hatte seinen Computer und einige Habseligkeiten aus Katarinas Wohnung geholt. Die restlichen Umzugskartons durfte er einstweilen in ihrem Pflanzenzimmer stehen lassen. Sie hatte ihn mit dem Polo zum Appartement gefahren und ihm geholfen, seine Sachen hochzutragen. Sein Arm ruhte in der Schlinge.

Kann ich dich auf einen Kaffee einladen?, fragte er.

Danke, sagte Katarina, das ist nicht nötig.

Paulmann sah, dass sie sich auf den Weg machen wollte. Bevor sie hinausging, sagte er: Ich habe heute Geburtstag.

Katarina blieb stehen und sah ihn schweigend an. Dann kam sie auf ihn zu und küsste ihn auf die Wange, wobei sie darauf achtete, seine einbandagierte Hand nicht zu berühren.

Alles Gute, sagte sie und willigte dann ein, auf dem neutralen Boden eines Straßencafés etwas trinken zu gehen.

Vierzig Jahre, sagte Katarina, Paulmann sagte: Langsam erwachsen.

Er erzählte, dass er in Zukunft mehr Zeit für andere Dinge haben würde.

Was willst du damit sagen?, fragte Katarina.

Meine Stelle wird nicht verlängert, sagte er. Ende Jahr ist Schluss.

Sie können dich doch nicht einfach auf die Straße setzen.

Die Stelle war bloß befristet. Inzwischen will niemand mehr Geld dafür ausgeben, nur um zu erfahren, ob der nächste Sommer trocken oder nass wird.

Sie hatten ausgetrunken und blieben noch etwas sitzen.

Siehst du die Wolken über uns, sagte Paulmann. Wie würdest du sie beschreiben?

Katarina blickte nach oben. Blauer Himmel, sagte sie, weiße Streifen, milchige Schleier –

Und was sagen dir diese Wolken?, fragte er weiter.

Ich kann keine Wolkensprache, sagte sie.

Im Gegensatz zur Chaostheorie, die man weder beweisen noch widerlegen kann, ist die Wolkensprache nachprüfbar. Diese Wolken zum Beispiel sagen uns, dass es noch vor Mitternacht Regen geben wird.

Du kennst den Wetterbericht, sagte Katarina, und machst dich lustig über mich.

Überhaupt nicht, sagte Paulmann, der Wetterbericht prophezeit unbeständiges Wetter und Veränderung in den nächsten Tagen, während die Wolken da oben es viel präziser ankündigen. Es ist nicht schwer zu verstehen. Spürst du den leichten Wind?

Paulmann versuchte ein paar Schnipsel von der leeren Zuckertüte abzureißen. Als er es mit einer Hand nicht schaffte, bat er Katarina darum. Sie tat es für ihn, und er warf die Schnipsel in die Höhe. Der Wind blies die Papierstückchen weg.

Der Bodenwind bläst uns genau in den Rücken, sagte Paulmann. Wenn du lange genug nach oben schaust, wirst du sehen, dass die Wolkenstreifen in eine andere Richtung ziehen als der Wind hier unten am Boden.

Katarina hatte den Kopf in den Nacken gelegt und sah in den Himmel. Paulmann betrachtete sie von der Seite. Das Profil ihres Gesichts bildete eine geschwungene Linie, die über Stirn, Nase, Mund und Kinn führte und lange dem Hals folgte bis in die kleine Grube zwischen den Schlüsselbeinen. Der Bauch unter ihrem grünen Pullover, stellte er fest, war immer noch flach.

Kannst du es sehen?, fragte er.

Stimmt, sagte Katarina nach einer Weile.

Das ist die Querwindregel, sagte Paulmann. Sie sagt uns, dass die Warmfront eines Tiefdruckgebiets im Anmarsch ist. Das Tief wird uns stärker werdenden linksdrehenden Wind und Wolken bringen. In spätestens – sagen wir mal – sechs bis acht Stunden wird es in unserem Teil Berlins regnen.

Das werden wir ja sehen, sagte sie.

Abends um neun rief Paulmann bei Katarina an: Was macht das Wetter inzwischen?, fragte er.

Es regnet in Strömen, lachte sie.

Es regnete und regnete fast den ganzen September hindurch.

Unaufhörlich strömte der Regen, bei Tag und bei Nacht. In schier unbegrenzter Menge prasselte das Wasser auf die Stadt nieder, rann an den Scheiben entlang, rauschte durch Dachrinnen und schwappte über deren Ränder, sprudelte aus verstopften Fallrohren und überschwemmte Hinterhöfe und Keller. Ein allgegenwärtiges Rauschen, Glucksen, Blubbern und Plätschern erfüllte die Straßen. Die Stadt steckte in einer großen Waschmaschine.

Was für ein Regen!, schrieb Paulmann in seiner Kolumne. Seit 1974 war dies die größte je im Monat September in Berlin gemessene Regenmenge pro Quadratmeter. Er schrieb über die verschiedenen Abstufungen von Regen, über Nebelnässe, Sprühregen, leichten, mäßigen, starken und sehr starken Regen, Platzregen, Wolkenbruch, *Regen im Wald kommt doppelt herab*, schrieb er – und mit einem Mal packte es ihn, er ging aus dem Appartement auf die Straße hinaus und reckte dem Regen sein Gesicht entgegen. Er blickte in den grauen Himmel und wusste, dass sich in den Wolken über ihm, hoch oben in der Troposphäre, ein Kubikmeter gesättigter Luft um ein Grad Celsius abkühlte und eine Wassermenge von einem Gramm abgab, woraus sich ein Regentropfen von ungefähr zwei Millimetern Durchmesser bildete, der zu schwer war, um von den Aufwinden gehalten zu werden, und mit einer Geschwindigkeit von acht Metern in der Sekunde der Erde entgegenfiel und sich nicht aussuchen konnte, wo er landen würde, ein kleiner Regentropfen unter vielen, der unaufhaltsam fiel, in schwindelerregend freiem Fall, vom Wind ein bisschen hin und her getrieben, der Erde entgegen, wo Paulmann stand und nach oben blickte und den Tropfen zufällig oder ausgerechnet, jedenfalls ungewollt in sein linkes Auge empfing. Was etwas brannte und ihn veranlasste, wieder hineinzugehen.

Paulmann rief seine Mutter an. Er musste ihr irgendwie erklären, was mit seinem Finger geschehen war.

Ein Arbeitsunfall, sagte er, ich habe nicht aufgepasst. Wie geht es Egon?

Nach dem Befinden seines Stiefvaters hatte er sich noch nie erkundigt.

Es geht, sagte die Mutter, er kann jetzt wieder spazieren gehen.

Nachdem Paulmann sein Funktelefon ausgeschaltet hatte, blieb er in Gedanken versunken sitzen und betrachtete das kleine Gerät in seiner Hand. Sie hatten keinerlei Abmachungen getroffen, ob und wann sie einander anrufen würden. Er wählte Katarinas Nummer, und nach einigen Rufzeichen meldete sie sich.

Als sie ein paar Tage nicht am Schneidetisch war, erzählte sie, hatte Ed die Arbeit am *Parabellum*-Projekt an eine andere Cutterin vergeben. Ohne Katarina darüber zu informieren. Sie war zwar beleidigt, gleichzeitig aber auch froh darüber. Nun war sie die verhasste Arbeit los.

Und wovon willst du jetzt leben?, fragte er.

Vom selben Geld, das ich bis jetzt auch nicht bekommen habe, sagte sie. Verlust ist gleich Gewinn, nun kann ich mich nach etwas anderem umschauen. Jetzt habe ich wenigstens Zeit, den Polo zu reparieren und ihn zum TÜV zu bringen. Das ist schon seit einem Monat fällig.

Wie geht es dir selbst?, fragte er.

Gut, sagte sie. Interessiert es dich wirklich?

Ja, sagte er.

Willst du zu einer Untersuchung mitkommen?

Paulmann wollte es, und so verabredeten sie sich für den nächsten Mittwoch bei ihrer Frauenärztin.

Am Ende des Monats kletterte Kryos im Wetterturnier auf den ersten Platz der Rangliste. Seine absurden Prognosen für den Monat September waren Wirklichkeit geworden. Damit hatte niemand gerechnet, er selbst am wenigsten. Der September war bekannt für stabile Hochdruckgebiete. Arne wollte wissen, wie Paulmann seine Werte berechnet hatte.

Das werde ich dir bestimmt nicht verraten, sagte Paulmann. Obwohl es nicht mehr nötig war, hatte er sich immer noch die ganze Hand eingebunden. Er wollte seinen Stummel vor den Blicken der Leute verbergen.

War ihm das nun zugestoßen, oder hatte er selbst das getan? Er war sich nicht mehr sicher. Alles hatte sich verändert. Das einzig Vertraute, was ihn jeden Tag erwartete, war das Wetter.

Die objektive Wahrnehmung eines Wärmezustandes ist durch unsere Sinnesorgane nicht möglich, schrieb Paulmann in seiner Kolumne.

Das ist durch ein kleines Experiment leicht zu beweisen: Wenn man die linke Hand in Wasser von zehn Grad Celsius taucht, die rechte Hand in Wasser von dreißig Grad Celsius und dann nach einiger Zeit beide Hände gleichzeitig in ein Gefäß mit Wasser von zwanzig Grad Celsius bringt, dann empfindet die rechte Hand dieses Wasser als kalt, die linke Hand als warm. Wir können nur Unterschiede von Temperaturen bemerken. Wenn wir zum Beispiel am frühen Morgen aus dem warmen Bett in die kühle Herbstluft hinaustreten –, tippte er in die Tastatur und setzte eine Bauernregel darunter: *Reif und Tau machen den Himmel blau.*

Inzwischen benutzte er wieder beide Hände beim Schreiben. Er hatte seinen Verband durch eine schwarze Fingerhülle ersetzt, die mit einem Bändchen am Handgelenk festgebunden wurde. Der Verkäufer des orthopädischen Fachgeschäfts nannte die Baumwollkappe Fingerpräservativ.

Paulmann begann sich im Internet nach ausgeschriebenen Stellen umzusehen. Mit vierzig Jahren wäre er zwar nicht mehr der Jüngste, aber eine Doktorandenstelle lag immer noch im Bereich des Möglichen. Er schickte erste Bewerbungen per E-Mail an das Heidelberger Institut für Geowissenschaften und an die Alfred-Wegener-Stiftung in Bremerhaven. Verlangt wurden Diplom, Programmierkenntnisse, Teamfähigkeit in multidisziplinären Arbeitsgruppen, gute Englischkenntnisse und die Bereitschaft zu längeren Expeditionen in die Arktis, nach Sibirien, Spitzbergen oder Alaska. Paulmann konnte das alles vorweisen. Er war bereit.

Auf Katarinas Bauch glänzte schmieriges Gel. Sie lag in der Praxis ihrer Ärztin auf dem Bett und hatte ihr Hemd bis an die Brust hochgezogen.

Sehen Sie hier das Rückgrat?

Die Gynäkologin wies mit dem Finger auf eine Stelle des Bildschirms. Paulmann konnte nichts erkennen, sah bloß etwas schwarzweiß Geflecktes, das sich bewegte, wenn die Ärztin den Scanner über die Haut gleiten ließ. Katarina und Paulmann hatten sich im Wartezimmer getroffen. Paulmann war pünktlich, Katarina mit einigen Minuten Verspätung gekommen.

Hier ist das Herz, erklärte die Ärztin, und Katarina sagte: Ich sehe es.

Paulmann nickte ebenfalls, obwohl er auf dem Bildschirm nichts erkennen konnte.

Wollen Sie das Geschlecht Ihres Kindes erfahren?, fragte die Ärztin.

Katarina sagte nein.

Im Augenblick ist es sowieso schwer zu erkennen.

Ein Papierstreifen rollte aus dem Drucker. Die Ärztin riss ihn ab und reichte ihn Paulmann.

Ihr Kind, sagte sie, das erste Foto. Für die Ärztin schien alles in Ordnung zu sein. Mit einem Stück Papier von der Rolle wischte sie das Gel von Katarinas Bauch weg.

Haben Sie sich schon entschieden, fragte sie anschließend, ob Sie eine Fruchtwasseruntersuchung vornehmen lassen wollen?

Ich werde es mir überlegen, sagte Katarina.

Bis zur sechzehnten Woche haben Sie Zeit, sagte die Ärztin, es ist noch fast ein Monat bis dahin. Besprechen Sie es in Ruhe miteinander und teilen Sie es mir dann mit.

Das seltsame amorphe Gebilde, das auf dem Computerausdruck zu sehen war, beunruhigte Paulmann. Obwohl er keine Ahnung hatte, was für eine Rolle ihm bei der ganzen Angelegenheit zugedacht war, flößten die Dinge ihm Angst ein. Diese Fruchtwasseruntersuchung und der ganze Rest der Schwangerschaft. Alles, was geschehen konnte, Missbildungen, Krankheiten, Unfälle. Zufällige Dinge, die er nicht abwenden konnte und denen sie hilflos ausgeliefert wären. Dinge, die Katarinas und sein Leben auf eine Weise verändern würden, wie er es sich lieber nicht vorstellen wollte.

Nach der ärztlichen Untersuchung saßen sie in einem Straßencafé und genossen die Nachmittagssonne, während Paulmann in einem kleinen hellblauen Heft blätterte: *Mutterpass – Bundesausschuss der Ärzte und Krankenkassen*, las er. *Schwangerschaft und Geburt sind natürliche Vorgänge und stellen keine Krankheit dar.*

Die Bedienung kam, um die Bestellung aufzunehmen, danach las er weiter: *Dieser Mutterpass enthält alle ärztlichen Befunde, die während der Schwangerschaft erhoben werden. Sie selbst entscheiden darüber, wem dieses persönliche Dokument zugänglich gemacht werden soll. Name: Reisz. Vorname: Katarina. Alter: 36 Jahre. Größe: 168 cm. Letzte Periode: 10. Juni. Schwangerschaft festgestellt am 31. Juli in der 6. SSW.*

Was bedeutet *SSW*?, fragte er.

Schwangerschaftswoche, erklärte Katarina.

Berechneter Entbindungstermin: 21. März. Was für ein Zufall, stellte Paulmann fest, die Geburt wäre genau zum Frühlingsanfang.

Was meinst du mit dem Konjunktiv?, sagte Katarina.

Es ist noch ein weiter Weg bis dahin.

Sechs Monate, sagte sie.

Als der Schatten einer Fassade auf das Straßencafé fiel, brachen sie auf. Ein Stück des Heimwegs hatten sie gemeinsam. Nachdem sie ein paar Minuten nebeneinander gegangen waren, griff Paulmann sie unter den Arm und führte sie auf die andere Straßenseite.

Lass uns noch kurz in den Park gehen, sagte er, blickte hinüber zu den Schaufensterscheiben des Copyshops und gleich wieder weg.

Im Park setzten sie sich auf eine Bank des Kinderspielplatzes. Neben ihnen saß eine Mutter. Ihr Kind kroch auf allen vieren durch den Sand. Zwei Tauben flatterten in seiner Nähe herum. Das Kind hatte sie entdeckt und freute sich.

Tau...ben, artikulierte die Mutter überdeutlich.

Das Kind zeigte auf die Vögel: Dada?

Paulmann betrachtete Katarinas Gesicht von der Seite, aber sie blickte in eine andere Richtung.

Tau...ben, wiederholte die Mutter.

Das Kind setzte sich hin und betrachtete die Vögel. Paulmann überlegte, ob es ein Mädchen oder ein Junge war und wie alt es sein mochte. Ein halbes Jahr? Zwei Jahre? In welchem Alter lernte ein Kind überhaupt gehen? Er hatte keine Ahnung.

Katarina schaute in die andere Richtung. Außerhalb der Umzäunung lagerten die Leute mit ihren Hunden auf den Treppenstufen.

Ein Mann schlurfte quer über den Kinderspielplatz. Eine verschorfte Narbe lief über die rechte Augenbraue. Quer über den Rücken der Lederjacke hatte er versucht, mit roter Farbe das Wort *Antifa* zu pinseln, wobei die ersten Buchstaben so groß geraten waren, dass für die letzten beiden kein Platz mehr war. Nun stand ein großes rotes *Anti* auf dem Rücken seiner Jacke und, in der Achselhöhle versteckt, ein kleines zerquetschtes *fa*. Der schwarze Köter, der ihm gefolgt war, sprang nun zwischen die Tauben und jagte sie auseinander. Das Kind begann zu schreien, der Hund sprang es an und schubste es um. Die Mutter rannte hin, um ihr Kind hochzuheben. Der Mann hatte nicht mal hingesehen.

Das gibt's wohl nicht, entrüstete sich Katarina. Sie stand auf und versuchte den Hund wegzujagen, dem das Spiel gefiel und der kläffend im Kreis herum raste. Der Mann mit der Lederjacke grinste.

Nimm diesen Köter hier weg, sagte Katarina laut. Die Mutter packte das Kind in den Wagen und verließ den Kinderspielplatz.

Mein Hund, sagte der Mann, darf tun, was er will.

Nimm deinen verfluchten Scheißköter weg!, sagte Katarina erregt. Dann, an Paulmann gewandt: Wieso sagst du nichts?

Auf einen Kinderspielplatz gehören keine Hunde, sagte Paulmann laut, die Schilder sind nicht zu übersehen.

Der Mann ging auf die Treppen in der Mitte des Parks zu. Der schwarze Hund hatte begonnen, ein Loch in den Sand zu graben.

Du zwingst uns, die Polizei zu holen, rief Paulmann.

Der Mann kehrte nochmals um und blieb vor ihrer Bank stehen. Ich kann dir auch die Fresse polieren!, knurrte er.

Katarina und Paulmann verließen den Spielplatz und trennten sich an der nächsten Kreuzung.

OKTOBER

Im Jahre 1986 wurden in der westchinesischen Oase Hani dreizehn Schulkinder von einem Wirbelsturm in die Luft gehoben und achtzehn Kilometer weit getragen, bis sie unverletzt in eine Sanddüne fielen.

XAN FIELDING

Wenn Paulmann das Appartement verließ, trug er an der rechten Hand seine schwarze Fingerhülle, die mit etwas Watte ausgepolstert war. Damit versteckte er den Stummel, der inzwischen verheilt war. Wenn er die Fingerhülle im Appartement abnahm, konnte er lange Zeit damit zubringen, den Stummel seines kleinen Fingers zu betrachten. Er hielt die Hand vor sich hin und betrachtete sie von allen Seiten, die Innenfläche, den Handrücken. Er stellte sich vor den Spiegel, ballte die Faust, formte die Hand wie ein Karatekämpfer oder hielt einen Gegenstand, ein Glas, und prüfte, wie die Hand damit aussah. Bevor er aus dem Haus ging, stülpte er die Fingerhülle über, wie andere sich einen Hut aufsetzen, wenn sie ins Freie gehen.

Im Herbst kamen die neuen Filme ins Kino. Paulmann und Katarina verabredeten sich am Telefon, und an einem Freitagabend trafen sie sich im Kinofoyer, in dem sie sich am einundzwanzigsten Juni kennen gelernt hatten. Sie sprachen über ihre Alltagssorgen, über Katarinas Polo, der repariert werden musste, über das Geld, das *Baeckmedia* ihr nicht zahlen wollte, obwohl sie monatelang an *Parabellum* gearbeitet hatte.

Dann fragte Paulmann unvermittelt: Hast du mal eine Kontaktanzeige aufgegeben?

Sie schaute ihn erstaunt an. Wie kommst du denn darauf?

Ich hätte es einfach gern gewusst, sagte er.

Nein, habe ich nie.

Nach dem Film gingen sie zu Katarina nach Hause.

Darf ich mal sehen?, fragte sie.

Sie nahm seine Hand und zog die schwarze Stoffhülle weg. Paulmann ließ es geschehen, als sie mit ihren Fingern über den Stummel strich.

Da ist nicht mehr viel zu sehen, sagte sie.

Nur noch die Hälfte, sagte er.

Halb dran oder halb weg?, fragte sie, er sagte: Beides.

Ist es sehr störend?, fragte Katarina, Paulmann sagte: Eigentlich nicht.

Später am Abend lagen sie auf ihrem Bett und redeten weiter. Sie redeten zuerst über Filme, dann über das Wetter, dann über das Wetter in Filmen. Sie waren beide ziemlich müde, als sie sich küssten. Es war das erste Mal, seit er ausgezogen war.

Bleibst du bei mir?, fragte sie, er sagte: Ist das denn in Ordnung?

Völlig in Ordnung, sagte sie und begann sich auszuziehen.

Eine Woche später half Katarina ihm, seine Sachen aus dem Appartement zurück in ihre Wohnung zu bringen. Sie saß am Steuer. Der Polo sprang nicht an. Paulmann musste ihn anschieben.

Seit seiner Rückkehr schliefen sie im selben Zimmer. Paulmann stellte fest, dass Katarina schnarchte.

Das ist normal, hatte sie ihm erklärt. Schwangere schnarchen, weil das Gewebe weich und schlaff wird.

Ihr Schnarchen hinderte ihn am Einschlafen, manchmal weckte es ihn mitten in der Nacht. Paulmann wälzte sich unruhig herum. Hatte er einmal begonnen, dem Schnarchen zu lauschen, war es vorbei mit dem Einschlafen. Das

Geräusch war so akkurat in die Stille gesetzt, dass man ihm seine Aufmerksamkeit nicht verweigern konnte. Jedem einzelnen Schnarcher ging ein Augenblick der Ruhe voraus, ein Augenblick des Innehaltens, als wäre ein unsichtbarer Dirigent im Zimmer, der mit dem erhobenen Taktstock Stille gebot. Dann kam der Einsatz, ein ruhiger, gelassener, langgezogener Schnarcher, jedes Mal der gleiche und jedes Mal doch wie neu. Paulmann dachte über die anatomischen Bedingungen nach, die ein solches Geräusch zu erzeugen vermochten. Lange überlegte er, weshalb das monotone Adagio nicht einschläfernd wirkte, sondern im Gegenteil dermaßen quälend, als würde eine Säge über seinen bloßen Nervenstrang gezogen. Einmal hielt er es nicht mehr aus und floh aus dem Schlafzimmer. Im Schein der offenen Kühlschranktür schenkte er sich ein Glas Milch ein. Es war drei Uhr. Im Hinterhof war es vollkommen dunkel. Ohne Licht anzumachen, ging er mit dem Glas Milch ins Wohnzimmer. Auf der anderen Straßenseite stand der alte Polo. Hinter den Sträuchern verbarg sich der Park. Paulmann öffnete einen Fensterflügel und lauschte dem Rauschen des Windes.

Sonderbares Leben, sagte Paulmann.

Er versuchte sich vorzustellen, wie er mit einem Kind auf dem Arm hier stehen und ihm die Welt da draußen zeigen würde, die Dunkelheit, den Sternenhimmel, die wiegenden Äste der Kastanien, durch die der Wind rauschte – als auf dem Gehsteig vor dem Haus plötzlich eine Gestalt auftauchte. Sie wurde von einem entfernten Fluchen verfolgt. Paulmann trat rasch einen Schritt vom Fenster weg ins dunkle Wohnzimmer zurück.

Die schwankende Gestalt machte sich daran, die Straße zu überqueren. Eine zweite Gestalt mit schwarzer Kapuzenjacke schnitt ihr den Weg ab. Die beiden Männer waren betrunken. Irgendwo in den Büschen klirrte die Halskette eines Hundes.

Ich bin dein Freund, lallte der Verfolger, riss den Fliehenden am Ärmel herum und schlug ihm die Faust ins Gesicht. Der Getroffene ging in die Knie und kroch auf allen vieren weiter auf die andere Straßenseite, wo er sich an Katarinas Polo mühsam wieder hochzog.

Hört auf!, rief irgendwo eine andere, hellere Stimme.

Paulmann stand im Wohnzimmer, das Glas Milch in der Hand. Er sah ein mageres Mädchen draußen vorbeigehen, vielleicht fünfzehn Jahre alt. Sie schwankte stark beim Gehen und wollte dem Schläger in den Arm fallen, um ihn zu stoppen. Er stieß sie weg. Während sie auf der Fahrbahn stehen blieb und mit ihrem Gleichgewicht kämpfte, packte der Verfolger den anderen an der Jacke, drückte ihn auf die Motorhaube des Polos und schlug ihn, ein hässliches Geräusch, nochmals ins Gesicht. Dann ließ er ihn los und zerrte das Mädchen an der Jacke weg. Paulmann hörte, wie die Haustüre aufging und die beiden durch den Flur in den Hinterhof stolperten. Der Geprügelte schlug sich in die Büsche und verschwand in der Dunkelheit.

Paulmann ging ins Bett zurück.

Vierzehnter Februar, dreiundzwanzig Uhr.

Ob sie jetzt schläft? Vielleicht sollte er ins Krankenhaus zurück. Was soll er hier tun? Die Heizung kann er nicht reparieren.

Er geht mit einem Teelicht ins Pflanzenzimmer. In einigen der Umzugskartons sind Kleider. Er sucht sich eine Trainingsjacke und Trainingshosen aus. Legt den Mantel ab, zieht die Hosen aus und schlüpft in den Trainingsanzug. Dann zieht er zusätzlich noch einen Pullover über und alles andere wieder drüber.

Ich sollte den Artikel über den Rekordwinter schreiben, denkt er. Papier und Schreibzeug suchen. Morgen früh von einem Internetcafé den Beitrag versenden.

Die Zeit der Schwangerschaft, las Katarina ihm vor, *ist für die meisten Mütter und Paare eine spannende und erwartungsvolle Zeit mit viel Freude, neuen Energien, intensiven Erfahrungen und anregenden Planungen.*

Wer sagt das? Paulmann klopfte zum wiederholten Male sein Kissen zurecht und versuchte einzuschlafen.

Die Bundeszentrale für gesundheitliche Aufklärung, sagte sie. Holst du mir einen Saft? Sie versuchte sich durch einen Stapel Broschüren zu arbeiten.

Willst du nicht auch langsam schlafen?, fragte er.

Ich bin noch nicht müde. Muss ich den Saft selber holen?

Nein, nein.

Er stand nochmals auf, ging in die Küche, goss ein großes Glas mit Fruchtsaft voll und brachte es Katarina ans Bett.

Sieh dir mal dieses Paar an, sagte sie und deutete auf die *Informationen für werdende Eltern*, alles frisch aus dem Wäscheschrank, weiße Hosen, weiße Pullis, rosa Hemden, gebügelte Jeans, die werdende Mutti tadellos geschminkt, der werdende Vati frisch vom Friseur. Wieso sehen wir nicht so aus?

Ich bin müde, Katarina.

Nur das noch, hör dir das an, fuhr sie weiter: *Manche Männer riskieren sogar eine Affäre, weil sie glauben, bei der ganzen Babygeschichte zu kurz zu kommen, und sie Bestätigung für sich selbst brauchen*. Was sagst du dazu?

Paulmann brummte, den Kopf im Kissen vergraben, und hoffte, sie würde die Broschüre weglegen.

Sag was, dann lass ich dich schlafen.

Dein Bauch ist mir Bestätigung genug.

Ich habe es mir jetzt überlegt, sagte sie. Ich sollte es doch untersuchen lassen. Ab fünfunddreißig ist es zu empfehlen.

Was willst du untersuchen lassen?, fragte Paulmann.

Das Fruchtwasser, sagte sie.

Was machst du, wenn eine Anomalie festgestellt wird?, fragte er.

In meinem Alter muss ich darauf gefasst sein. Wie würdest du dich entscheiden?, fragte sie, und dann, als sie sah, dass er zögerte: Sag mir nicht das, wovon du glaubst, dass ich es hören will. Ich will deine wirkliche Meinung hören. Sie wird dich nicht schlechter und nicht besser machen, als du bist.

Paulmann betrachtete die Fliegen an der Zimmerdecke und suchte nach einer Antwort. Ich weiß es nicht, sagte er schließlich. Ich weiß es wirklich nicht.

Die Leute aus dem Park begannen sich im leerstehenden Hinterhaus einzunisten. In der Nacht wurde Paulmann von einem dumpfen rhythmischen Hämmern aus dem Schlaf gerissen. Es war kurz vor vier Uhr. Katarina lag neben ihm und schlief. Die Bässe schlugen schnell und nervend. Nach einer Weile stand er auf und ging in der Wohnung umher, ohne Licht anzumachen. Der Lärm kam von einer der oberen Etagen aus dem Hinterhaus. In den Fenstern flackerte unruhiges Licht. Als ob in der Wohnung ein Feuer brennen würde. Er hörte Hunde bellen und jemanden brüllen.

Paulmann legte sich wieder hin und versuchte einzuschlafen. Als das Stück endlich fertig war, blieb es einige Sekunden still, dann begann es von vorn. Die Bässe schlugen dumpf, und es wurde halb fünf. Über eine Stunde lag er wach im Bett und dachte über ihre Situation nach. Kurz vor sechs stand er endgültig auf, machte Kaffee, setzte sich damit zwischen die Pappkartons in seine Nische wie in den Kommandostand eines Eisbrechers auf dem Weg in die Antarktis und begann zu arbeiten.

In der sechzehnten Schwangerschaftswoche lag Katarina auf dem Stuhl ihrer Gynäkologin. Paulmann stand daneben. Sie wussten beide um das Risiko, das eine Fruchtwasseruntersuchung mit sich brachte. Der Fötus konnte sich unkontrolliert bewegen und sich an der Nadel verletzen. So drastisch hatte es ihnen die Ärztin nicht erklärt. Aber sie hatten in einem der vielen Ratgeber gelesen, dass das Kind bei der Amniozentese ein Auge verlieren konnte. Auch eine spontane Fehlgeburt konnte durch den Stich ausgelöst werden. Katarinas Bauch war entblößt und mit Gel eingeschmiert. Die Arzthelferin hielt den Ultraschallscanner auf Position. Die Ärztin setzte die Nadel auf, ein unglaublich langes und makaberes Requisit, und drückte sie gegen den Bauch. Erst bildete sich eine Delle, dann gab die Haut nach, und die Nadel bohrte sich in die Tiefe. Paulmann schaute zu.

Die Medizin wird zum Wohle der Menschen entwickelt, redete er sich zu. Medizinische Technik ist etwas Gutes. Ohne sie wäre das Leben grausam.

Es ist nicht zu verhindern, dass eine geringe Menge Blut ins Fruchtwasser gelangt, sagte die Ärztin, während sie konzentriert auf den Bildschirm blickte. Dort war zu sehen, wie die Nadel die Fruchtblase anstieß und dann durchdrang.

Paulmann wollte ein gesundes Kind. Allem anderen fühlte er sich nicht gewachsen. Es gibt zwar kein allgemeines Recht auf Leben, dachte er, wer sollte dieses Recht auch verfügt haben. Die Natur jedenfalls nicht. Sie kannte nur das Recht des Stärkeren und den Überlebenswillen. Mit

Moral hatte das gar nichts zu tun. Trotzdem hätte er Hemmungen gehabt, den Lebensdrang eines unerwünschten Wesens abzuschneiden wie einen Bindfaden. Er hätte keinen rationalen Grund dafür angeben können, aber er verspürte eine Abneigung dagegen. Die Vorstellung deprimierte ihn.

Die Ärztin zog den Kolben zurück, und die Spritze füllte sich mit Fruchtwasser.

Was ist ein Fötus mit Down-Syndrom, dachte Paulmann.

War es ein Unglücksfall? Eine Krankheit? Oder doch bereits ein Mensch? Wer sollte bestimmen, wo die Grenze war. Wieso war es bis zu einem willkürlich festgelegten Zeitpunkt legal, ein solches Leben abzubrechen, danach aber nicht mehr? Es gab keine höhere Ordnung, keine allgemein gültige Regel und keine Logik. Sie lebten rein zufällig in einem Land und zu einer Zeit, wo es gültigem Recht entsprach, ein solches Lebewesen zu vernichten. Sie sollten sich frei entscheiden können? Das war keine Freiheit, sondern eine Last.

Die Ärztin schraubte die gefüllte Spritze von der Nadel und ließ sich von der Gehilfin eine neue geben.

Lass alles gut gehen, schoss es Paulmann durch den Kopf, lass dieses Kind gesund auf die Welt kommen, und ich werde ein guter Mensch sein. Er war nie religiös gewesen und wusste nicht, an wen oder was er dieses Versprechen richtete. Auch hatte er bis dahin noch nie Überlegungen angestellt, was denn ein guter Mensch oder Schlechtes an ihm selbst wäre. Er glaubte an Dinge wie: Wenn es regnet, wirst du nass. Oder: Wenn ein Stein in die Luft geworfen wird, fällt er wieder zu Boden. Und dennoch versprach er in diesem Augenblick, ein guter Mensch zu sein.

Die Ärztin füllte drei Spritzen mit dem Fruchtwasser, bevor sie die Nadel wieder aus dem Bauch zog. Katarina musste eine Stunde in der Praxis liegen bleiben. Paulmann saß daneben und blätterte in *Schöner wohnen*.

Sie sollten sich nun schonen, sagte die Ärztin, und auf jeden Fall zwei Tage lang zu Hause bleiben, am besten im Bett, und keine Aufregung. Das ist jetzt das Wichtigste, die Ruhe.

Nach einer Stunde fuhren sie nach Hause. Er rückte Katarina den kleinen runden Tisch vom Fenster ans Bett und brachte ihr Kräutertee, eine Packung holländischer Waffeln und die angelesenen Zeitungen und Zeitschriften der letzten Tage. Da sie ihm versicherte, dass sie jetzt nichts mehr wünschte, außer in Ruhe gelassen zu werden, setzte er sich in seine Nische und schrieb die Kolumne für den nächsten Tag.

Vom Gipfel des Hügels sahen sie weit über die Stadt. In großen pfeilförmigen Formationen flogen Gänse und Enten hoch über den Alleen und Kleingartenkolonien in Richtung Süden. Täglich konnte man die zunehmende Verfärbung des Laubes beobachten. Weit unten, am Fuß des Hügels, kam ein Vater mit seinem Kind in den Park. Sie hatten Drachen dabei. Der billige kleine Plastikdrachen des Kindes zerrte bald hoch oben am Himmel an seiner Schnur, während der Lenkdrachen des Vaters immer wieder abstürzte und sich mit großer Wucht in die Wiese bohrte.

Wir sollten es versuchen, sagte Katarina. Mit uns, mit dem Kind. So etwas wie eine Familie zu sein.

Wir versuchen es, sagte er.

Wir sollten uns Mühe geben, ergänzte Katarina.

Sie erzählte von ihrer Tante Josefine, die in Oberfranken lebte und besser Holz hacken konnte als jeder Mann. Als Kind war Katarina während der Sommerferien mehrmals bei ihr gewesen. In der Schwangerschaft begann sie sich plötzlich an ihre Verwandtschaft zu erinnern.

Ich möchte meine Eltern einladen, sagte Katarina, mich in Berlin zu besuchen.

Muss das unbedingt sein, fragte er.

Das muss sein, antwortete sie. Bei der Geburt will ich sie auf keinen Fall hier haben.

Als würde die Natur vor dem Absterben ein letztes Mal triumphieren wollen, lässt sie die Bäume und Sträucher in warmen Farben leuchten, schrieb Paulmann in einem Beitrag. Der Wechsel beginnt unsichtbar und bereits Ende August. Nach dem letzten kräftigen Wachstumsschub setzt der Abbau des Chlorophylls in den Blättern ein. Die Carotinoide, die auch den Karotten ihre Farbe verleihen, bleiben zurück und färben die Blätter in gelben und roten Tönen. Die Metamorphose der Farben ist abhängig von den Baumsorten und dem Verlauf der Jahreszeit und dem Wetter, von der Dauer des Tageslichts und den Temperaturen. Es kann vorkommen, dass die Blätter von sehr frühem und tiefem Frost überrascht werden und dann vom frischen Grün direkt in braune Fäulnis übergehen, ohne sich vorher zu verfärben, aber das geschieht in unseren Breiten nicht allzu häufig. Normalerweise haben die Bäume genug Zeit, die Wasserversorgung in den Stämmen und Ästen zu unterbrechen, damit der Frost sie im Winter nicht auseinander reißt.

Katarinas platinblonde Frisur wechselte ebenfalls die Farbe. Der hellbraune Haaransatz war inzwischen sichtbar nachgewachsen. Die zweifarbige Frisur erinnerte Paulmann an eine Mischung aus weißer und brauner Schokolade und sah nicht besonders gut aus.

Möchtest du deine Haare nicht wieder mal nachfärben lassen?, fragte er.

Stört es dich etwa, sagte sie.

Nicht wirklich. Wenn du sie so haben willst –

Sie sollen wieder braun werden. Ich will nicht, sagte sie, dass mich mein Kind bei der Geburt mit blonden Haaren erlebt. Wenn ich die Haare irgendwann später mal nicht mehr färben will, wird es glauben, seine richtige Mutter wäre eine blonde Frau gewesen und ich wäre bloß eine Pflegemutter.

Wäre es dann nicht naheliegend, fragte er, die blonden Haare braun zu färben, bis sie ganz ausgewachsen sind?

Also stört es dich doch, sagte sie.

Er hob abwehrend die Hände und sagte: War nur eine Idee.

Einige Tage später hatte sie sich die Haare braun färben lassen. Es war weniger auffällig als vorher, aber nicht wirklich gelungen. Ihre Haarfarbe schimmerte wie Herbstlaub in zwei verschieden hellen Tönen. Paulmann wagte es nicht, das Thema noch einmal anzusprechen.

Zwei Wochen nach der Fruchtwasserentnahme bekamen sie den Untersuchungsbefund. Es war nichts Bedenkliches festgestellt worden.

Fiona wäre ein schöner Name, sagte Katarina, falls es ein Mädchen wird.

Paulmann zog die Stirn in Falten. So einfach, dachte er, konnte es nicht sein. Stillschweigend und sorglos ließen sie sich einer gemeinsamen Zukunft entgegentreiben. Ohne Bedingungen, Forderungen oder Versprechungen. Er wohnte bei ihr, Katarina erwartete ein Kind. Es herrschte eine trügerische Ruhe zwischen ihnen. Irgendwann, dachte er, wird etwas geschehen. Sie wird Unmögliches von ihm erwarten. Oder schlimmer noch, etwas Unerwartetes wird wie ein katabatischer Wind über sie hinwegfegen, etwas, das ihre wackelige Beziehung nicht überstehen würde.

Ende Oktober schlug das Wetter um. Ein Hoch über England führte große Kaltluftmassen nach Deutschland. Der Wind aus Nordost fegte den Staub durch die Straßen, wirbelte gelb leuchtendes Birkenlaub über die Dächer und durch schmale Einfahrten in die Hinterhöfe.

Kryos, der Gott der Kälte, verteidigte erfolgreich seinen ersten Platz im Wetterturnier.

Katarina vernahm von Freunden, dass Eds neue Cutterin den Rohschnitt von *Parabellum* bereits fertig hätte, alle seien begeistert.

Nachdem ich die ganze Vorarbeit geleistet habe, sagte sie.

Katarinas Eltern hatten die Einladung zu einem Besuch inzwischen angenommen. Sie wollten an Weihnachten kommen.

Ausgerechnet an Weihnachten, sagte Paulmann.

Katarina stand auf die Waage und schrieb Datum und Gewicht in ihre Tabelle: 28. Oktober / 60,7 Kilo. Vier Kilo in vier Monaten, sagte sie. Ihr Bauch war runder geworden, ihre Brüste fester. Sie wirkte dadurch nicht schwerer, eher wie ein großer Luftballon, der durch das Zimmer schwebte.

In Katarinas Zimmer fand Paulmann, eingeklemmt zwischen zwei Büchern, die Fotografie eines Mädchens. Es war vielleicht zwölf Jahre alt und hatte einen kurz geschnittenen geraden Pony, der ihre Stirn frei ließ. Das Mädchen umarmte einen Schäferhund und lachte dabei überaus glücklich. Paulmann mochte das Mädchen auf dem Foto, es war Katarina.

Die Wiese im Park war von Raureif bedeckt. Es sah aus, als hätte es geschneit.

NOVEMBER

Auf einmal quillt aus der Erde, angezogen von der Sonne, eine riesige Menschenmenge hervor, eine Milliarde kleiner Schneider, von denen der größte nicht einmal einen Millimeter erreicht. Einige springen einen Meter hoch vom Boden, andere verfolgen irgendeine verirrte Bäuerin, wieder andere brennen wie Zunder und wieder andere ersuchen um milde Gaben.

LUIS BUÑUEL

Paulmann roch die Alkoholfahne, als er mit der voll gepackten Tüte auf dem Arm aus der Kaufhalle trat. Der Mann stand vor dem Ausgang, Lederhosen, Kapuzenshirt, und versperrte ihm den Weg. Neben der Tür lag ein abgemagerter Hund auf dem Gehsteig und zitterte vor Kälte.

Bisschen Kleingeld?, fragte der Mann.

Paulmann schüttelte den Kopf.

Für Hundefutter, ergänzte der Mann.

Er sagte: Ich habe nichts. Was nicht stimmte und etwas halbherzig über seine Lippen kam, aber das war seine Sache.

'ne Zigarette?, versuchte es der Mann weiter.

Ich rauche nicht, sagte Paulmann, was nicht gelogen war.

Arschloch, sagte der Mann, zog Rotz hoch und spuckte in Richtung seiner Füße. Paulmann machte einen Bogen um ihn und überquerte die Straße, aus seiner prall gefüllten Einkaufstüte ragten oben zwei Baguettebrote heraus. In der Mitte der Wiese führten ein paar Treppenstufen die Böschung hinunter. Dort saßen sie mit ihren zerrissenen Kleidern, Ketten, Lederwesten, Bierdosen in der Hand. Ein Rudel Hunde rannte von einem Ende des Parks zum andern. Als er die Stufen hinuntergehen wollte, trat das Mädchen auf ihn zu, dreizehn oder vierzehn Jahre alt, in abgewetztem Jeansrock, Netzstrümpfen mit großen Löchern, Springerstiefeln. Sie wollte eine Zigarette und kratzte sich frierend an ihren dünnen Handgelenken.

Leider nicht, sagte er und ging weiter. Er hatte die Wiese

fast überquert und befand sich nur wenige Schritte von der Straße entfernt, die ihn noch vom Hauseingang trennte, als ein Hund aus dem Rudel auf ihn zurannte. Paulmann wollte sich beeilen, ohne zu rennen, vor Hunden soll man nicht wegrennen, dabei rutschte er aus, und ein Joghurt fiel aus der Tüte. Er wollte den Becher aufheben, aber der Hund knurrte ihn drohend an. Er erreichte das Haus, drückte mit dem Rücken die Türe auf und zog sich ins Treppenhaus zurück. Bevor die Tür wieder ins Schloss fiel, sah er gerade noch, wie der struppige Köter den Becher mit einem Biss knackte und himbeerfarbener Joghurt von seinen Lefzen tropfte.

Der Spätherbst in der Stadt war eine trübselige Angelegenheit. Tote Fliegen auf dem Fenstersims. Bedeckter Himmel. Regen und Frost wechselten sich ab. Das Laub lag braun und faulig unter den Bäumen.

Ich will das Kind, sagte Katarina, auf natürlichem Weg zur Welt bringen.

Im November, dem trostlosesten Monat des Jahres, begann der Vorbereitungskurs im Geburtshaus. In den orange- und lachsfarbenen Wänden schien ein verborgenes Feuer zu glimmen, versprenkelte goldene Spritzer leuchteten im hellen Blau der Decke. Die Frauen hatten rosige Wangen und einen erwartungsvollen Glanz in den Augen. Ihre verlegenen Männer standen in Socken herum. Der Kurs wurde vom Bezirksamt empfohlen, jeden Dienstagabend trafen sich acht Paare unter der Anleitung einer jungen Hebamme. Paulmann fühlte sich, als wolle ihm jemand das Fahren beibringen, der selbst noch nie am Steuer gesessen hatte. Dennoch beteiligte er sich tapfer an allem, was sie vorschlug, stellte sich mit Namen und Beruf vor, als er an der Reihe war, Fedo Paulmann, Meteorologe, setzte sich auf den großen blauen Gummiball und hüpfte mit den anderen zukünftigen Vätern um die Wette. Er legte sein Ohr auf Katarinas Bauch und berichtete, was er darin hörte: ein Blubbern und Gurgeln in ihren Eingeweiden. Er schrieb folgsam auf einen Zettel, was er sich von der – wie sich die junge Hebamme ausdrückte – zukünftigen Mutter seines Kindes wünschte: dass sie ihr bisheriges Leben nicht völlig aufgeben, immer die Nerven behalten und vorsichtig und aufmerksam mit dem Kind umgehen würde. Paulmann tauschte mit Katarina den Zettel und las, wie sie sich den perfekten Vater vorstellte: dass er sich wie ein erwachsener Mensch benehmen und sich mit Lust und Freude an der Säuglingspflege und Kindererziehung beteiligen würde.

Paulmann legte sich wie alle anderen Teilnehmer des Geburtsvorbereitungskurses auf die Isomatte und atmete tief in seinen Bauch ein. Er schloss wie alle anderen die Augen und versuchte, unter der sanften Anleitung der Hebamme, geistigen Kontakt mit dem Ungeborenen herzustellen. Nach einiger Zeit vernahm er links von sich ein feines Röcheln. Der werdende Vater neben ihm war eingeschlafen. Paulmann versuchte sich ein neugeborenes Kind vorzustellen und musste unwillkürlich an die Berichte über verwahrloste und misshandelte Kinder denken, die er seit einigen Wochen in der Zeitung entdeckte. Was nützte ihm sein persönliches Wohlergehen, wenn im selben Augenblick irgendwo in der Stadt so etwas vor sich ging. Vielleicht würde ihrem Kind nichts geschehen, aber es würde irgendwann selber Kinder haben, die möglicherweise misshandelt würden. Wo sollte er die Grenze ziehen, jenseits deren er sich nicht mehr davon berühren lassen musste. Bei den Enkeln, Urenkeln oder bei Cousins zweiten Grades? Bis zu welchem Verwandtschaftsgrad würde er darunter leiden? Das Kind in Katarinas Bauch, dessen Vater er bald sein würde, wenn alles gut ging, spann Fäden von ihm in den Raum und in die Zeit, es lieferte ihn dieser Welt aus.

Paulmann spürte die Isomatte unter seinem Rücken und lauschte den leisen Anweisungen der Hebamme. Er hielt die Augen geschlossen, atmete ein und aus und empfand eine Hilflosigkeit, die er früher nicht gekannt hatte.

Die Leiterin des Geburtshauses hatte ihnen die Zusammenstellung einer CD mit ihrer Lieblingsmusik empfohlen. Ihr solltet euch während der Geburt wohl fühlen, als ob ihr zu Hause wärt.

Katarina hatte sich Musik aus dem Internet heruntergeladen und einen großen Teil ihrer alten Langspielplatten digitalisiert. Als Filmcutterin kannte sie sich mit der neuen Technik bestens aus. Ihre Geburtsmusik sollte während des langen Wartens und der Wehen den passenden Soundtrack liefern.

Im fünften Monat war die Liste klassisch: die Goldberg-Variationen neben Pachelbels Kanon, Albinonis Adagio. Im sechsten Monat wurde sie erdiger: afrikanischer Jazz.

Welche Musik wünschst *du* dir?, fragte sie.

Ich weiß nicht, was auf mich zukommt, sagte Paulmann, wie soll ich da wissen, welche Musik dazu passt?

Im siebten Monat begann sie, gregorianische Choräle mit Gesängen des Buckelwals zu mischen.

Danach folgte eine absurde Phase. Katarina war der Meinung, ein Halloween-Sampler mit gruseligen Geräuschen würde sie am besten von den Schmerzen der Geburt ablenken. Im achten Monat wurde die Musikliste aggressiver: Punk und Heavy Metal.

Geburt ist ein gewalttätiger Vorgang, sagte Katarina sachlich, als wäre sie auf das Schlimmste gefasst.

Die Geburtsmusik wuchs zu einer umfangreichen, aber

unvollendeten Edition von einem halben Dutzend CDs an, das in der Ecke des Wohnzimmers Staub ansetzte.

Katarina wurde runder und machte sich Sorgen.

Früher war sie der Meinung, Geld sei dazu da, um es auszugeben. Geld zu sparen, zu sammeln, anzuhäufen war in ihren Augen obszön. Nun saß sie abends mit Bankauszügen und dem Taschenrechner am Küchentisch.

Gemessen am Geld, das wirklich hereinkommt, stellte sie trocken fest, ist meine Arbeit ein Witz. Ed will mir für *Parabellum* nichts bezahlen. Er drückt sich davor, mit mir zu sprechen. Er lässt sich am Telefon verleugnen und schiebt seinen Partner vor. Der sagt, wenn ich die Arbeit hinwerfe, wäre das mein Problem.

Ist es das nicht?, fragte Paulmann.

Ich habe Monate daran gearbeitet, das Material zu sichten und auszusortieren. Deshalb ist die andere schon fertig mit dem Rohschnitt. Ed schuldet mir zehntausend Euro für die Arbeit, und die will ich haben, auch wenn ich den Verband einschalten oder mir einen eigenen Anwalt nehmen muss. Das Geld werde ich bekommen, darauf kannst du dich verlassen.

Du hast doch immer was zu tun, wandte Paulmann ein.

Studentenfilme, No-Budget-Produktionen, schlecht bezahlte Assistenzen, das ist alles unrealistisch. Ich bin immer diejenige, die man schnell mal fragen kann, ob sie einspringt. Dabei brauche ich einen stinknormalen gut bezahlten Job.

Du wolltest gute Sachen machen und nicht gut bezahlt werden, erinnerst du dich?

Es ist nicht angebracht in meiner Situation, sagte Katarina. Ich verstehe auch nicht, wieso du dich nicht intensiver um diese Radiosache bemühst. Wenn schon dein Job am

Institut zu Ende geht und noch nichts Neues in Sicht ist. Hast du dich inzwischen darum gekümmert, dass du vom Sender einen Vertrag erhältst?

Der Vertrag wird kommen, sagte Paulmann. So etwas braucht seine Zeit.

Ich weiß, wie das abläuft, sagte Katarina, das kannst du mir glauben. Du musst hingehen und ihnen so lange auf die Nerven gehen, bis sie dir den Vertrag geben, nur damit sie endlich Ruhe vor dir haben.

Vielleicht hat sie recht, dachte Paulmann.

Am nächsten Tag machte er sich auf den Weg zum Sender. Es war nicht gerade sein Lieblingswetter. Windstill, Temperatur wenig über null. Die Äste der Bäume waren kahl und zeigten mit einer resignierten Geste in den diesigen Himmel. Sein verstümmelter Finger hatte irgendwann begonnen, bei Wetterwechsel zu schmerzen. Paulmann war vorher nie wetterfühlig gewesen, nun empfand er bei Annäherung eines Tiefs eine Art rheumatisches Ziehen in seinem Stummel. Die schwarze Fingerhülle linderte es etwas. Schon deshalb lohnte es sich, sie weiterhin zu tragen.

Paulmann wollte Katarinas Polo nehmen, aber der Vorderreifen hatte so wenig Luft, dass er damit nicht mehr bis zur Tankstelle kommen würde. Nach vierzig Minuten Fahrt mit der U-Bahn betrat er das Sendegebäude durch den Haupteingang. Dem Pförtner gegenüber erwähnte er nacheinander die Namen Jaaksen, Schallbender und Roesner, fügte auch noch Fichte hinzu und sagte: Ich kenne den Weg. Da ließ der Pförtner die Hand, die eben zum Hörer greifen wollte, ermattet zurückfallen und nickte ihn durch. Paulmann fand die Abteilung, wo er als Erstes erfuhr, dass Jaaksen nicht mehr hier arbeitete. Roesner war auf Sendung, also nicht zu sprechen, und der neue Redaktor, ein junger

Mann, der seinen Namen nicht nannte, hörte sich auf dem Flur an, was Paulmann vorzubringen hatte.

Es tut mir leid, sagte er, aber zusammen mit Jaaksen sind natürlich auch seine Ideen und Pläne verschwunden. Ich kann Ihnen da im Augenblick auch nicht helfen. Vielleicht –, sagte er, aber dann schien er es sich anders überlegt zu haben: Tut mir leid, wir haben gleich Redaktionssitzung, sagte er und verabschiedete sich mit einem entschuldigenden Lächeln.

Früh brach der erste Frost über die Stadt herein. Auf der Website des Radiosenders warnte Paulmann vor einem Wetterphänomen, das sich in diesen Tagen ereignen könnte: Eisregen. Wenn aus höher gelegenen wärmeren Luftmassen Regen auf den bereits gefrorenen Boden fällt, gefriert er schlagartig und überzieht Wege, Straßen, Blätter und Zweige mit einer gläsernen Eisschicht.

Katarina wollte Brötchen holen und hatte sich keine zwei Schritte von der Haustür entfernt, als sie bereits auf dem Rücken lag. Paulmann war bis zum Briefkasten mitgegangen und hörte draußen ihren spitzen Schrei. Er ging hinaus und wollte ihr helfen, aber bevor er sie erreicht hatte, rutschte er ebenfalls aus und landete auf dem Hintern. Die Straßen und Gehsteige waren dermaßen glatt, dass man kaum stehen konnte. Sie stützten sich an der Hausmauer ab und gingen wieder hinein.

Bist du sicher, dass alles in Ordnung ist, fragte er. Ein Sturz im sechsten Monat ist vielleicht nicht ganz harmlos.

Du machst dir Sorgen?, sagte sie und legte sich auf das Sofa, was ihn beunruhigte. Sie drehten das Radio an und hörten, dass der morgendliche Verkehr zusammengebrochen war und ein unvergleichliches Chaos in der Stadt herrschte. Kaum jemand kam rechtzeitig zur Arbeit, um acht Uhr bezifferte die Polizei die Zahl der gemeldeten Karambolagen bereits auf über tausend, die Notaufnahmestellen waren überfüllt mit Knochenbrüchen.

Das Ärgerliche an Wetterprognosen war, dass sich niemand bedankte, wenn die Voraussagen stimmten. Aber wenn sie einmal nicht ganz zutrafen, dann reagierten die Leute sofort mit Verachtung und Häme. Ansonsten glich der Wetterbericht vom Vortag dem Schnee von gestern, dafür interessierte sich niemand mehr.

Paulmann zog seine Turnschuhe an, um zur Bäckerei zu gehen. Der leichte Regen hielt an und machte das Eis noch glatter. Er nahm die Abkürzung quer durch den Park. Das vereiste Gras knirschte unter den Sohlen. Von den Bäumen kam ein Geräusch, das er vorher noch nie gehört hatte, ein feines Klirren, als ob Tausende von Flaschen aneinander stießen. Die Äste waren von einer glasklaren Eisschicht umhüllt, sie glänzten und schimmerten im morgendlichen Licht wie gläserne Korallen. Die Bäume im Park sahen aus wie gigantische Kristallleuchter. Ihre Zweige brachen unter dem Gewicht des Eises ab und fielen klirrend zu Boden. Als wäre die Welt jenes gläserne Gebilde, von dem Katarina gesprochen hatte, das heute Morgen in tausend Stücke zersplitterte –

Seit August war sich Paulmann sicher, dass der kommende Winter streng werden würde. Es gab genug Berufskollegen, die langfristige Prognosen als Scharlatanerie betrachteten. Dabei wurde das Verfahren in allen Wissenschaften angewandt. Anhand von Analogien wurde das nächste zu erwartende Phänomen berechnet. Das war gerade für die Dauer und Härte eines Winters gut möglich. Seit über einem Jahrhundert wurde das Wetter mit wissenschaftlichen Methoden beobachtet und aufgezeichnet. Wenn man die riesigen Datenmengen untersuchte, konnte man darin Analogien finden. Wenn er etwa feststellte, dass nach Zeitabständen von sieben bis neun Jahren, in denen die Winter relativ mild ausfielen, zwei besonders strenge Winter aufeinander folgten, und wenn der letzte Winter genau acht Jahre nach einem Rekordwinter wieder besonders kalt war, so war die Wahrscheinlichkeit groß, dass auch der bevorstehende Winter sehr kalt werden würde. Dazu kamen gewisse Vorboten, welche diese Annahme bestärkten. Die Kaltluftperioden im November deuteten zum Beispiel darauf hin. Die Ostsee war frühzeitig abgekühlt und verlor ihre Funktion als Schutzschild gegen die Kaltluftmassen aus dem Norden. Die Daten standen allen Meteorologen zur Verfügung, es gaben sich nur nicht alle so viel Mühe, sie auf Gesetzmäßigkeiten hin zu untersuchen.

Es ist kalt, sagte Paulmann nach einem Blick auf das Thermometer vor dem Küchenfenster.

Ich finde nicht, dass es kalt ist, antwortete sie.

Die Temperatur ist über Nacht um vier Grad gefallen.

Mir ist aber nicht kalt, sagte sie.

Es ist kalt, sagte Paulmann, ob du das so empfindest oder nicht, darum geht es doch gar nicht, es ist minus drei Grad Celsius, und es ist erst November, das nennt man kalt.

Du und dein Wetter, sagte sie, worauf er sie korrigierte: Das Wetter ist für alle dasselbe.

Mir ist trotzdem nicht kalt, sagte Katarina.

Am sechsundzwanzigsten November, einem Samstag, fiel der erste Schnee. Das kalte Grau der Steine verschwand unter einer weißen Decke. Katharina stand nackt auf der Waage. Sie wog dreiundsechzig Kilo.

Sie gingen zusammen ins Kino. Katarina strich beruhigend mit der Hand über ihren Bauch. Das Kind trat mit den Füßen gegen die Bauchdecke.

Ein faschistoider Schmachtfetzen, schimpfte Paulmann nach dem Film, eine Feier der ästhetisierten Gewalt, äußerlich modern, im Kern bieder und altmodisch, eine Wiederbelebung der christlichen Heilslehre über den einzelnen Helden, der sich gegen das System stellt und die Welt vor dem Untergang rettet –

Eine intelligent und perfekt gebaute Geschichte, hervorragend montiert, sagte Katarina. Sie war verliebt in den Hauptdarsteller und konnte es nicht vor Paulmann verbergen. Zu Hause stritten sie weiter. Als sie merkte, dass sie keine Argumente mehr gegen ihn aufbieten konnte, zwang sie ihn, mit ihr zusammen die Tasche für das Geburtshaus nochmals auszupacken, den Inhalt auf dem Tisch auszubreiten und mit der Liste zu vergleichen: Drei Baumwollhemden. Zwei Stillbüstenhalter. Baumwollslips. Bademantel. Pyjama. Pantoffeln. Socken. Drei Waschlappen. Drei Handtücher. Kulturbeutel mit Körperpflegemitteln, Zahnbürste. Hemdchen, Höschen, Söckchen und Strampler für das Neugeborene. Schnuller. Tragetasche mit Bettzeug. Mutterpass, Personalausweis, Versicherungskarte. Geld, Notizbuch, Kugelschreiber, etwas zu essen und zu trinken für den werdenden Vater. Sie waren ein Paar geworden.

Ein ganz gewöhnliches Paar, sagte Paulmann.

DEZEMBER

Wo man hinguckt, Kinder. Kinder in den Höfen,
Kinder bei den Tieren, Kinder in den Feldern,
Kinder in den Scheunen, Kinder in den Stallungen,
Kinder, als ob sie jeden Frühling an den
Bäumen wüchsen wie die Kirschen.

ALEXANDER GRANACH

Katarinas Eltern wollten in der dritten Dezemberwoche nach Berlin kommen. So war es ursprünglich vorgesehen. Inzwischen hatte ihre Mutter mitgeteilt, dass sie allein kommen würde. Katarinas Vater war als Redner zur Eröffnung des neuen Technologiezentrums eines multinationalen Automobilkonzerns nach Seattle eingeladen worden.

Katarina schien enttäuscht zu sein, aber sie redete nicht weiter darüber. Sie überlegten, wie die Mutter untergebracht werden konnte. Paulmann hielt ein Hotelzimmer für angemessen, Katarina das Wohnzimmer. Da es im Wohnzimmer keine Schlafmöglichkeit gab, diskutierten sie über den Kauf eines Schlafsofas.

So was brauche ich sowieso, fand Katarina.

Geldverschwendung, sagte er.

Vier Übernachtungen im Hotel, sagte Katarina, für dieses Geld bekommt man bereits ein schönes Schlafsofa.

Ich dachte, sagte Paulmann, deine Mutter will drei Tage bleiben.

Vier Nächte, korrigierte Katarina, sonst lohnt sich die Reise doch gar nicht.

Am Nikolaustag zogen sie durch Berlins Möbelhäuser und schwitzen in ihren Mänteln, Schals und Mützen. Als schwangeres Paar wurden sie überall bevorzugt behandelt. Sie erweckten bei den Verkäufern den Eindruck, als planten sie eine ganze Wohnungseinrichtung zu kaufen. Am späten Nachmittag gab Katarina ihre Idee mit dem Schlafsofa auf.

Alles zu teuer und zu hässlich, fand sie.

Paulmann freute sich schon, da fügte Katarina hinzu: Ins Hotel muss sie trotzdem nicht. Sie hatte eine andere Lösung gefunden. Die Mutter sollte in ihrem Schlafzimmer einquartiert werden. Sie beide würden im Pflanzenzimmer auf Paulmanns Futon schlafen.

Das kann doch nicht dein Ernst sein, sagte er.

So wird es gemacht, sagte Katarina, einfacher geht es wirklich nicht.

Als Gattin eines ehemaligen Konsulatsbeamten, versuchte Paulmann einzuwenden, wird deine Mutter keine Lust auf das Leben in einer Berliner Wohngemeinschaft haben.

Im Gegenteil, behauptete Katarina, solche Sachen liebt sie.

Nachts lag er wach und versuchte, sein Leben zu überschauen. Das Jahr würde bald zu Ende gehen. Es war ein ungewöhnliches und ereignisreiches Jahr. Ein Jahr mit einschneidenden Veränderungen. Er streckte im Dunkeln den rechten Arm in die Höhe und bewegte seine viereinhalb Finger. Nachts legte er die schwarze Hülle jeweils neben das Bett. Er hatte eine große Geschicklichkeit entwickelt, mit der linken Hand einen Knoten zu binden, der den ganzen Tag hielt.

So viele Fragen waren offen, und es war schwer vorauszusehen, was in der nächsten Zeit auf sie zukommen würde. Das Leben ging seltsam zögerlich voran, wie ein Schiff im Nebel, das über unsichtbare, dicht unter der Wasseroberfläche lauernde Gefahren glitt. Er war nicht der Kapitän dieses Schiffes, aber er stand höchst angespannt mit auf der Brücke, lauschte angestrengt in die Stille und wartete auf ein kleines Geräusch, das die Katastrophe ankündigen würde.

Irgendwann stand er auf, schaute durch die Fenster in die Nacht hinaus. Das Thermometer zeigte minus acht Grad. Er verließ leise die Wohnung, ging ein Stück die Straße entlang und kehrte wieder um. Es war empfindlich kalt. Der wenige Schnee, der vor Tagen gefallen war, lag inzwischen als Eiskruste auf dem Pflaster und knackte unter den Schuhen. Paulmann holte die Batterie, die im Wohnungsflur am Ladegerät angeschlossen war, und trug sie hinaus. Er baute sie ein und klemmte die Drähte fest. Dann stieg er auf der rechten Seite ein, kletterte über den Beifahrersitz auf den Fahrersitz und versuchte den Wagen zu starten. Der Anlasser quälte sich eine Weile ab, dann sprang der Motor endlich an. In zehn Minuten war Paulmann an der Tankstelle. Er pumpte den Reifen auf und fuhr wieder zurück, umkreiste den Park und spähte zwischen die kahlen Bäume und Sträucher, ob jemand zu sehen war. Vor dem Haus, in welchem er vor einigen Wochen eine Person am Fenster beobachtet hatte, machte er den Motor aus. Er blieb im Wagen sitzen und sah zum Fenster hoch, bis er vor Kälte zu zittern begann. Das Fenster blieb dunkel. Er startete den Motor, machte die Heizung an und fuhr wieder los. Dieses Mal in die andere Richtung. Als ein flüchtiger dunkler Schatten von links in sein Blickfeld huschte, trat Paulmann auf die Bremse. Der Polo rutschte auf der eisglatten Straße nach rechts und streifte einen der geparkten Wagen, bevor er zum Stehen kam.

Paulmann stieg aus und schaute sich um. Von der Katze war nichts mehr zu sehen. Wenn es denn überhaupt eine gewesen war. Die Stoßstange des Polos hatte auf dem dunkelblauen Lack des Wagens einen breiten Kratzer hinterlassen und eine Delle in die Tür gedrückt. Niemand schien Paulmann beobachtet zu haben, die Straße lag leer vor ihm. Er stieg wieder ein und fuhr langsam und vorsichtig zu

Katarinas Haus zurück. Er baute die Batterie aus, trug sie in die warme Wohnung und klemmte sie wieder an das Ladegerät.

Katarina war wütend.

Sie hatte gehört, dass *Parabellum* in der Sektion Schnitt für den deutschen Filmpreis nominiert werden sollte. Ihr eigener Name tauchte im Abspann des Films nicht auf. Sie kündigte an, zur bevorstehenden Team-Premiere zu gehen, obwohl sie nicht eingeladen war.

Monatelang habe ich daran gesessen, sagte sie, das lasse ich mir nicht gefallen.

Außerdem hatte ihre Mutter angerufen und ihren Besuch in Berlin kurzfristig abgesagt. Sie war der Meinung, ihren Mann in die USA begleiten zu müssen.

Paulmann steckt in dicken Kleiderschichten und bewegt sich langsam durch die kalte Wohnung. Der erste Mensch auf dem Planeten Kryos. In allen Räumen stehen mittlerweile brennende Teekerzen, flackernde Lichter einer kultischen Stätte. Er sucht im Pflanzenzimmer nach Stiften und Papier. Die Kugelschreiber und Filzstifte sind alle eingefroren und funktionieren nicht. Auf der Ablage vor dem Spiegel im Bad findet er einen Lidstift mit abgebrochener Spitze. Das Schicksal will ihm wohl jedes noch mögliche Hindernis in den Weg stellen. In der Küche stellt er eine gefrorene Mineralwasserflasche in einen Kochtopf und setzt ihn auf den Gasherd. Er zündet alle vier Brenner an. Dann nimmt er ein Küchenmesser und spitzt den Lidstift an. Was soll er überhaupt schreiben? Alle Daten und Tabellen sind im Rechner. Wo kann man am Sonntagabend kurz vor Mitternacht eine Sicherung auftreiben? Er kennt keinen einzigen Mieter im Haus.

Jenseits des kleinen Parks vor Katarinas Haus lag ein ausgedehntes Gelände mit gepflasterten Straßen und weiten Plätzen, langgestreckten Backsteingebäuden mit eingestürzten Dächern, auf denen junge Birken wucherten, der ehemalige *Zentrale Vieh- und Schlachthof*. Von fern dröhnte der Lärm von Schaufelbaggern, die Betonplatten zertrümmerten und zu Gebirgen aufschichteten. Paulmann schlüpfte durch den Maschendraht, der das Gelände einzäunte, und ging zwischen den verfallenen Ställen und Schlachthäusern nach Norden. Weit und breit war kein Mensch zu sehen. Er hörte das Hämmern der schweren Meißel und die brummenden Motoren, während er bis an die nördliche Grenze des Geländes spazierte. Hinter den letzten Gebäuden blieb er stehen und sah die S-Bahn vorbeifahren. Nach zehn Minuten kam eine Bahn aus der anderen Richtung. Die Wagen waren nur spärlich besetzt.

Paulmann trat in das lange, von Karl Friedrich Schinkel entworfene Gebäude mit den schmalen hohen Fenstern. Das Vorhängeschloss am Tor war zusammen mit dem Bügel aus dem Holz gerissen worden. Innen wirkte die Halle noch größer. Bis auf eine Holzkiste am hinteren Ende war sie leer. An der Decke zogen sich schwere Eisenträger durch die Halle, Flaschenzüge mit rostigen Ketten, an deren Ende Haken hingen, wiesen darauf hin, dass hier früher schwere Lasten transportiert worden waren. Tierkadaver. Zu Hunderttausenden schwebten zwischen diesen Backsteinmauern die Seelen geschlachteter Kälber und Rinder umher. Scherben knirschten unter seinen Schuhen, als Paulmann die Halle durchschritt. Die Fensterscheiben waren zersplittert, der kalte Wind zog durch die leere Halle. In der Holzkiste lagen eine Wolldecke, ein paar zerfledderte Comic-Hefte, eine Kerze und Streichhölzer.

Der zukünftige Spielplatz unseres Kindes, dachte Paulmann.

Am nächsten Morgen verspürte er Schluckbeschwerden. Er machte sich eine heiße Milch mit Honig und Ingwer und nahm die doppelte Menge seiner üblichen Vitamintabletten. Aber dafür war es bereits zu spät. Er bekam Fieber und Kopfschmerzen, sein Nacken wurde steif und ließ sich kaum bewegen.

Der Monat Dezember war der Monat der Abschlussfeiern.

Im Dezember wurde Kryos an einer kleinen Party, die Arne in den Räumen des Berliner Yachtclubs organisiert hatte, zum Jahressieger des Wetterturniers erkoren. Paulmann, der einen dicken Schal um den Hals gewickelt hatte, erhielt Gratulationen von seinen Konkurrenten und aus dem Institut. Der Preis bestand aus einer Flasche Eiswein und einer Urkunde, die er per E-Mail zugeschickt bekam und selbst ausdrucken musste. Die einzige und kümmerlich bezahlte Arbeit, die ihm blieb, war seine tägliche Kolumne.

Im Dezember besuchte Paulmann mit Katarina und ihrer Freundin Josie und deren Töchtern das Weihnachtsvorspiel der Städtischen Musikschule. Die elfjährige Leonie wartete in der vordersten Reihe, bis ihr Einsatz kam. Ein kleiner Junge eröffnete das Konzert mit dem Stück *Schneeflöckchen, Weißröckchen*. Der Finger lag noch auf der Taste, der letzte Ton des Stückes war noch nicht verklungen, da rutschte der Junge schon hastig vom Stuhl und beeilte sich, zurück auf seinen Platz zu kommen.

Dann ging Josies Tochter Leonie zusammen mit der Lehrerin nach vorn und setzte sich mit ihr an den Flügel. Vierhändig spielten sie ein Stück von Beethoven. Virtuos hüpften die kleinen dünnen Finger des Mädchens über die Tasten. Paulmann wunderte sich, wozu Kinder fähig waren.

Im Dezember war auch Paulmanns letzter Arbeitstag im Institut. Sie tranken Tee am Nachmittag, seine Kollegen hatten Abschiedsgeschenke für ihn mitgebracht und versuchten, ihn mit Späßen aufzuheitern. Für die anderen würde es irgendwie weitergehen, auch wenn das Forschungsprojekt eingestellt wurde. Paulmann war der Einzige mit einer befristeten Anstellung, die nicht mehr erneuert wurde. Der Fakultätsleiter der Geowissenschaften wollte Paulmann helfen und sich für die Schaffung einer weiteren Assistentenstelle stark machen, aber er konnte nichts versprechen.

Alle waren ausgesprochen nett, sagte Paulmann.

Im Dezember ging er mit Katarina zur Team-Premiere der Produktionsfirma *Baeckmedia* in den schicken Goya-Club am Nollendorfer Platz. Sie waren beide nicht eingeladen, aber das erwies sich als unwichtig. Mit sirenenhaft schriller Stimme beanspruchte sie im Gedränge beim Einlass Platz für sich und ihren voluminösen Bauch, der aus dem geöffneten Mantel hervorstand wie der Puffer einer Lokomotive. Sie zog Paulmann einfach hinter sich her und am Türsteher vorbei. Katarina verschwendete keine Zeit. Unter den erstaunten Blicken der Filmleute steuerte sie auf die für den Filmpreis nominierte Cutterin zu, die sie wohl kannte, und sagte ihr, dass ein Teil des Preises selbstverständlich ihr gebühren würde. Dann wandte sie sich Ed zu, der mit einem Glas Sekt in der Hand von Nadine und einigen anderen jungen Frauen umringt wurde. Sie begann einigermaßen sachlich, redete sich aber schnell in Rage und beschimpfte ihn als üblen Abzocker, als blasierten leeren Sack und impotenten Päderasten, von dem sie genug kleinkriminelle Geschäftsgebaren kenne, um sich nicht einfach so zur Seite drängen zu lassen. Paulmann stand die ganze Zeit daneben, sah Katarina wie eine Furie ihre Urteile den einzelnen Anwesenden und dem Team als Ganzes um die Ohren hauen, er sah die hektischen roten Flecken in ihrem Gesicht, den Schweiß auf ihrer Stirn, er sah die teils belustigten, teils erschrockenen Gesichter der anderen Gäste, und seltsamerweise verflüchtigte sich seine anfängliche Scham und machte einem tiefen Gefühl der Genugtuung Platz. Paulmann erlebte, wie Katarina die Mauern der Peinlichkeit, die um sie herum hochwuchsen, einfach ignorierte und durch sie hindurchschritt, als wären sie nicht vorhanden. Dahinter war die Freiheit.

Paulmann hatte sich vor den Weihnachtsfeiertagen gefürchtet. Auf dem Küchentisch lag ein Tannenreisig mit einer roten Kerze und einer Weihnachtskugel.

Minus achtzehn, sagte er nach einem Blick auf das Thermometer, wenn das kein Rekordwinter wird, rede ich nie mehr über das Wetter.

Dein Wort in Gottes Ohr, sagte Katarina.

Am Weihnachtsabend bereitete er eine gefüllte Ente zu. Nach dem Essen beschenkten sie sich. Katarina erhielt die dunkelblaue Winterjacke, die sie sich selbst ausgesucht hatte, und Paulmann erhielt gefütterte Lederhandschuhe.

Vielen Dank, sagte Paulmann.

Die wattegepolsterte Fingerhülle ließ sich leider nicht in den Handschuh stecken. Da musste er sich noch etwas einfallen lassen.

Am zweiten Weihnachtsfeiertag gingen sie im Tiergarten spazieren und wanderten über das blanke Eis. Unter ihren Füssen, im dunklen Wasser, wuselten die Fische zwischen schlingernden Pflanzen und Geäst. Atemwolken quollen beim Sprechen aus ihren Mündern.

Wusstest du, sagte Paulmann, dass die jüngste Eiszeit und die Entstehung des Menschen vor fünf Millionen Jahren gleichzeitig stattfanden? Damit der Mensch zum Menschen werden konnte, musste es erst einmal richtig kalt werden. Sein trockener Husten klang wie Hundegebell. Alles schien zu Ende zu gehen, nur seine Erkältung nicht.

Ende Dezember hatte das Kind sein Gewicht verdoppelt. Wenn Paulmann seine Hand auf Katarinas Bauch presste, trat es mit den Beinen dagegen. Katarina war so dick geworden, dass er eine weitere Zunahme des Körperumfanges nicht für möglich hielt. Ihr Gewicht war seit dem vergangenen Juli von siebenundfünfzig auf siebzig Kilo angestiegen. Sie fraß alles, was ihr in die Quere kam. Mit großer Verwunderung sah er ihr dabei zu. Pfannkuchen. Sardinen. Gummibärchen. Möhren. Brotkanten. Rohe Würste. Was sie sich auch einverleibte, es verlangte sofort nach einem geschmacklichen Kontrapunkt. Paulmann kaufte Konserven im Dutzend-Karton. Malzbier kistenweise. Er kam sich dabei vor, als ob sie eine Gaststätte betreiben würden. Er machte sich Sorgen und fragte sich, ob das noch normal war. Er hielt ihre Fresserei für einen Wahn, eine neurotische Zwangshandlung. Paulmann fragte Katarina, ob sie ihren alten Polo nicht gegen einen Van oder einen Jeep eintauschen wollte, angesichts der auf sie zukommenden Veränderungen.

Deine blöden Anspielungen kannst du dir schenken, war ihre Antwort. Sie trennte die Seitennähte ihrer Hosen und Röcke auf und nähte Dreiecke aus Stoffresten ein. Ihre Garderobe wurde bunt und ausgefallen.

Katarina bescherte Paulmann eine Überraschung. Sie hatte sich ohne Vorankündigung ihre Haare kurz schneiden lassen und sah damit umwerfend gut aus. Paulmanns Begeisterung war echt und gefiel ihr.

Am Abend saß sie auf ihm, hielt ihren kugelförmigen Bauch mit ihren Händen und schaukelte mit dem Becken bedächtig vor und zurück. Er durfte sich nicht bewegen, durfte nur daliegen und ihren Anblick genießen, rund und fest, wie sie geworden war, mit ihren kurzen Haaren.

Paulmann bekam eine erste Antwort auf seine Bewerbungen. Das Alfred-Wegener-Institut in Bremerhaven teilte ihm in einem Brief mit, dass er in die engere Wahl für eine Stelle gekommen sei, und lud ihn zu einem Gespräch ein. Dass der neue Job mit einer halbjährigen Forschungsarbeit auf Spitzbergen beginnen würde, erzählte er Katarina vorerst nicht.

Kälte ist nicht nur ein unangenehmer Nebeneffekt des Winters, schrieb er auf der Website des Radiosenders. Sie kann durchaus nützlich sein. Blut, Zellmaterial und menschliche Samen sind tiefgefroren nahezu unbeschränkt haltbar. Die Kryobiologie beschäftigt sich mit dem Einfrieren von Lebewesen und deren Organen. Es gibt heute bereits Tausende von Menschen auf der ganzen Welt, die als Embryos auf minus 196 Grad Celsius tiefgefroren waren. Zehntausende von Embryos lagern in Kältebanken und können jederzeit aufgetaut, implantiert und ausgetragen werden. In Phoenix/Arizona friert eine Kryonik-Firma verstorbene Menschen auf unbestimmte Zeit in flüssigem Stickstoff ein. Zum günstigen Preis von hundertzwanzigtausend Dollar.

Das Jahr ging laut zu Ende. Der Lärm begann schon einige Tage vorher. In unberechenbaren Abständen war das Krachen dicker Böller zu hören. Auf dem Gehsteig vor der Wohnung, im Hinterhof, sogar im Treppenhaus. Paulmann war auf dem Weg zur Kaufhalle, während dicht hinter und neben ihm die Böller detonierten und ein schmerzhaftes

Knistern im Trommelfell verursachten. Egal wie schnell er sich umdrehte, es gelang ihm nie, jemanden beim Werfen zu ertappen.

Am Silvesterabend blieben sie zu Hause und verbarrikadierten sich in ihrer Gemütlichkeit, feierten zu zweit mit Sushi und Sekt und schauten sich die Live-TV-Reportage vom Brandenburger Tor an. Bevor der Lärm seinen Höhepunkt erreichte, lagen sie bereits im Bett und nahmen das Krachen und Jaulen durch die geschlossenen Fenster nur noch gedämpft wahr. Es entsprach ihrem gedämpften Jubel über den Beginn des neuen Jahres. Etwas Neues lag vor ihnen. Wie es werden würde, wussten sie nicht.

JANUAR

Kay saß ganz allein in dem viele Meilen weiten,
leeren Eissaal und betrachtete die Eisstücke und dachte,
dass es in ihm ganz ordentlich knackte.
Ganz steif und still saß er da, man hätte
glauben können, er wäre erfroren.

H.C. ANDERSEN

Am ersten Morgen des Jahres blickte Paulmann aus dem Fenster und sah die eingeschlagenen Scheinwerfer von Katarinas Polo. Der Wagen stand wie immer gegenüber dem Hauseingang auf der Straße. Paulmann ging hinaus, um sich die Bescherung näher anzusehen. Auch die Rücklichter waren eingeschlagen und die Scheibenwischer abgeknickt. Fast alle Wagen in der Straße waren so behandelt worden.

Das hilft uns wenig, sagte Katarina.

Brauchen wir denn unbedingt einen Wagen, fragte Paulmann. Sie sah aus dem Fenster und schüttelte den Kopf.

Katarina saß in der Küche und telefonierte. Auf dem Tisch war die Zeitung ausgebreitet, einige Zeilen hatte sie bereits mit dem Stift markiert, als Paulmann hereinkam.

Alles klar, sagte sie, legte den Hörer hin und strahlte Paulmann an: Ich habe einen Wagen gefunden. Morgen Abend um siebzehn Uhr kannst du ihn abholen.

Wie?, sagte er. Woher so schnell, und wie willst du ihn bezahlen?

Einen Kinderwagen, sagte sie triumphierend. Ich habe gerade einen wunderschönen schwedischen Kinderwagen gekauft.

Was soll er kosten?

Hundertfünfzig. Aber er ist wie neu.

Wie willst du das nach einem Telefonanruf beurteilen?

Jetzt sei nicht so negativ. Wenn er nicht in Ordnung ist, brauchst du ihn auch nicht mitzunehmen.

Wie soll ich ihn denn ohne Auto holen?, fragte er. Hat das nicht noch etwas Zeit?

Hör damit auf, sagte sie scharf. Wir waren die Einzigen im Geburtsvorbereitungskurs, die noch keinen Wagen hatten. Willst du damit vielleicht warten, bis das Kind in die Schule kommt? Ich will diesen Wagen, und du sollst ihn holen. Ich habe nächste Woche Geburtstag.

Richtig, sagte er, aber wie soll ich ihn denn holen?

Stell dich nicht so dumm an. Mit der U-Bahn.

Und wo befindet sich das seltene Stück?

In Rudow.

Ich soll mit einem leeren Kinderwagen quer durch die ganze Stadt fahren?

Was ist das Problem?, fragte Katarina.

Da müsste ich mindestens dreimal umsteigen. Das ist doch absurd.

Was ist daran absurd, wenn ein Mann einen Kinderwagen schiebt?

Ich habe keine Probleme, mit einem Kind spazieren zu gehen. Aber doch nicht mit einem leeren Wagen.

Dann leg eine Puppe hinein.

Sehr witzig.

Nimm ein Taxi.

Durch die ganze Stadt? Da können wir ja gleich einen neuen Kinderwagen kaufen.

Neu kostet dieser Wagen fünfhundert. Wenn du das zahlen willst –

In der Nacht spürte er Katarinas Bauch an seinem Rücken und das Stupsen von winzigen Füßen.

Paulmann saß in der U-Bahn in Richtung Norden. Vor ihm stand ein dunkelblauer Kinderwagen mit hochgeklapptem Verdeck. Er hatte die Bremsen eingerastet, damit er den

Kinderwagen während der Fahrt nicht festhalten musste. Eine junge Frau, die beim Rathaus Neukölln zugestiegen war, lächelte ihm quer durch den ganzen Waggon zu. Paulmann wandte sich ab und schaute zur Seite. Im Fenster sah er sein Spiegelbild, die Fahrgäste, den blauen Wagen. Es gab kein Entrinnen. Dieser Kinderwagen, das war seine Zukunft.

In der Warschauer Straße musste er mit dem Wagen in die Straßenbahn umsteigen. Gleichzeitig stiegen ein paar Leute ein, die er auf der Treppe im Park gesehen hatte. Ihre Hunde blieben hechelnd im Gang stehen oder legten sich unter die Sitzbänke. Verstohlene Blicke beobachteten die Gruppe. Als die Bahn anfuhr, fiel einem der Männer eine Dose Bier aus der Jacke. Er wollte sie aufheben, aber sie rollte weg. Er ging hinterher. Die Bierdose stieß an eine Stange, drehte sich und entwischte ihm nochmals, da schrie er laut auf und trat mit Wucht auf die Dose. Das Weißblech platzte, das Bier spritzte über den Boden. Die Fahrgäste schauten weg. Paulmann stieg eine Station früher aus, um den Rest der Strecke zu Fuß zurückzulegen. Am Rande seines Blickfelds sah er noch, dass die zertretene Bierdose am Schuh des Mannes festklemmte. Der Mann trat mit dem Fuß heftig an die Straßenbahntüre, die sich automatisch schloss.

Paulmann schob mit der linken Hand den leeren Kinderwagen vor sich her.

An Katarinas Geburtstag brachten Josie und ihre Mädchen einen Kuchen und Geschenke vorbei. Paulmann deckte den Tisch für die vier Frauen, wie er sagte, und machte Tee. Katarina blies in einem Atemzug die siebenunddreißig Kerzen aus. Die Mädchen klatschten und durften danach ihre Hände auf Katarinas Bauch drücken und die winzigen Füße spüren, die dagegen traten.

Nachts um drei wachte Paulmann auf. Durch den Hof hämmerte die Basslinie einer ewig gleichen monotonen Melodie. Er sah den Widerschein einer flackernden Lichtquelle im unbewohnten Hinterhaus. Als das Stück zum dritten Mal von vorne begann, rief Paulmann bei der Polizei an, um sich zu beschweren.

Das Hinterhaus ist eigentlich unbewohnt, sagte er.

Kurze Zeit später hielt ein Streifenwagen vor dem Haus. Paulmann sah die Beamten durch den Vordereingang hereinkommen und dann, als er sich auf die andere Seite der Wohnung begab und zum Fenster hinausblickte, wie sie den Hof durchquerten und das Hinterhaus betraten.

Am nächsten Morgen, als Katarina die Wohnung verließ, um Brötchen zu holen, sah sie ihren Kinderwagen unter den Briefkästen stehen. Die Polster waren aufgeschlitzt, aus dem blauen Stoff quoll weiße Watte hervor. Die Löcher im Verdeck stammten von Zigarettenglut. Sie zog den Kinderwagen in die Wohnung und setzte sich an den Küchentisch. Paulmann sah, dass sie weinte. Es wäre ihm lieber gewesen, sie hätte geflucht und geschimpft. Er blickte durch das Fenster auf den Park hinaus. Um diese Zeit war dort noch niemand zu sehen.

Paulmanns Bewerbungsgespräch in Bremerhaven verlief durchaus positiv. Die Leiterin der Forschungsgruppe nahm sich viel Zeit für ihn. Sie befragte ihn zu seiner Diplomarbeit, führte ihn durch die Abteilung und erzählte detailliert über die Strukturen der Stiftung, über die Forschungsstellen mit ihren jeweiligen Möglichkeiten und bemerkte, dass Paulmann bei ihnen nicht am falschen Platz wäre. Auffallend interessiert war sie am Internet-Wetterturnier, obwohl Paulmann das Thema weder in der Bewerbung noch im

Gespräch erwähnt hatte, weil es definitiv zu unakademisch war. Irgendwie hatte es sich trotzdem bis zu ihr herumgesprochen. Auf der Fahrt zurück nach Berlin dachte er über seine Chancen nach. Die Leiterin hatte einen guten Eindruck auf ihn gemacht. Ob er umgekehrt auch einen guten Eindruck hinterlassen hatte, würde sich zeigen. In einigen Wochen sollten die Entscheidungen über die Anstellungen gefällt werden.

Ende Januar wurde es noch kälter.

Paulmann schrieb über die Berechnung der Kältepunkte. Über alle meteorologischen Aspekte, die zur winterlichen Wetterlage passten. Über Frost und Eis. Fahrenheit, Celsius, Kelvin. Den Eispunkt bei null Grad Celsius. Die Tatsache, dass die Temperatur von minus 273,15 Grad Celsius nicht unterschritten werden kann. Das entspricht null Grad Kelvin. Kälter kann es nicht werden. Weder unter natürlichen noch unter künstlichen Bedingungen. Die absolute Tiefsttemperatur ist ein interessantes Phänomen der Wärmelehre.

Die untere Grenze, schrieb Paulmann, das Ende, das Absolute.

Mit Temperaturen von durchschnittlich minus einundzwanzig Grad, berichtete die Radiomoderatorin im Morgenmagazin, war die Nacht von Donnerstag auf Freitag bisher die kälteste dieses Winters. In Schönefeld sank das Thermometer auf minus dreiundzwanzig Grad, auf dem Alexanderplatz war es mit minus neunzehn Grad am wärmsten. Dies war der kälteste Januar seit vierundzwanzig Jahren. Die Brennstoffvorräte werden knapp. Über die zugefrorene Ostsee können die Tanker keinen Nachschub mehr bringen. Seit zwei Wochen sind die Wasserwege in Berlin unbefahrbar. Die fünf Eisbrecher der Wasser- und Schifffahrts-Direktion können nichts dagegen unternehmen, sie würden zu viel Schaden an Schleusen und Stegen anrichten. Die Seen und Kanäle in der Stadt sind mit einer bis zu sechzig Zentimeter dicken Eisschicht bedeckt. In den flacheren Gewässern wie etwa im Teich des Spandauer Südparks, im Nikolassee oder im Lichtenrader Dorfteich drohen die Fische zu ersticken. Ein Ende der Eiszeit ist leider noch nicht in Sicht, sagte die Sprecherin, bis Mitte nächster Woche können die Temperaturen sogar nochmals um einige Grade fallen.

Die Stunde des Meteorologen. Es war Paulmann, der der Nachrichtenredaktion die Informationen zur Verfügung gestellt hatte. Im Wetterturnier, das neu begonnen hatte, lag er nach der ersten Monatswertung auf dem zweiten Platz. Das war ein vielversprechender Anfang.

Katarina hatte fast eine Stunde lang im warmen Badewasser gelegen. Ihr Gesicht war von der Hitze gerötet, als sie aus dem Bad kam, die Haare waren im Nacken feucht. Sie kam ins Schlafzimmer, um sich anzuziehen. Vorher stellte sie sich wieder auf die Waage. Ihr Körperprofil, das sich vor dem hellen Fenstelviereck abhob, bot einen unglaublichen Anblick. Ihr Bauch war gewaltig, nicht durch seine Ausmaße – es gab dickere Personen, die nicht schwanger waren –, sondern durch seine Form. Ihr Bauch wölbte sich dermaßen weit vor, als würde nicht das Gesetz der Schwerkraft für ihn gelten, sondern das Gegenteil: dass Masse sich vom Boden abstößt. Es sah aus, als wäre Katarina bloß ein Anhängsel ihres Bauches, der sie hinter sich herzuziehen schien, während sie ihm folgte, wohin er auch ging. Sie machte dabei nicht den Eindruck, als hätte sie ein schweres Gewicht zu tragen. Es sah aus, als würde sie ihrem Bauch auf Zehenspitzen folgen. Sie nahm frische Kleider aus dem

Schrank und zog sich an. Als sie spürte, dass Paulmann ihr dabei zusah, schob sie die Trainingshose wieder hinunter und den Pullover hoch und wandte sich ihm zu, um ihm ihren nackten Bauch von vorn zu präsentieren. Die eine Hand hielt ihn von unten, die andere lag obenauf.

Das ist kein Bauch, sagte Paulmann, was du da in deinen Händen hältst, das ist die Weltkugel.

Langsam wird es Zeit, einen Namen zu finden, sagte sie.

Mia, schlug Paulmann vor. Nach der Schauspielerin Mia Farrow.

Bei diesem Namen musste Katarina an *Rosemary's Baby* von Roman Polanski denken. Ein Horrorfilm, in dem die Hauptdarstellerin ein Kind des Teufels austrägt, sagte Katarina, ist definitiv zu makaber. Mit Isa hatte sie einen passenderen Namen gefunden, fand sie. Nach Isabelle Rossellini, der Hauptdarstellerin in *Blue Velvet* von David Lynch.

Wo der Junge ein abgeschnittenes Ohr im Gras findet, sagte Paulmann, und das findest du weniger makaber?

In der Ecke des Schlafzimmers stand der dunkelblaue Kinderwagen. Die Schlitze im Polster waren von Hand wieder zugenäht.

FEBRUAR

Tief in der Hülse von Schnee
schlief das gefesselte Leben.

FRIEDRICH HÖLDERLIN

Am Freitag, dem zwölften Februar, begannen die Turbulenzen. Paulmann war am Nachmittag unterwegs gewesen. Der Wind blies von Nordosten her über die Stadt. Die schnurgerade Frankfurter Allee mit den sechsstöckigen Wohnblocks wirkte wie ein Kanal und verstärkte den Wind noch. Aus den gemessenen zwanzig wurden auf diese Weise gefühlte fünfundzwanzig Minusgrade. Die Kälte brannte im Gesicht, aber Paulmann war gut gelaunt.

Katarina wartete ungeduldig auf den Tag der Geburt. Bis zum errechneten Termin mussten noch fünf Wochen verstreichen. Sie litt an den Umständen der Schwangerschaft und hielt sich mit Klagen nicht zurück. Inzwischen brachte sie zweiundsiebzig Kilo auf die Waage. Vor einigen Tagen hatte sich das Kind gedreht und lag nun mit dem Kopf nach unten. Wenn Katarina durch die Wohnung ging, hielt sie ihren Bauch mit beiden Händen fest, als könnte das Kind sonst herausfallen. Den größten Teil des Tages lag sie im Bett oder auf dem Sofa, knabberte Gebäck, klagte über ihre schlechte Verdauung und verdarb sich ihre Laune zusätzlich mit nachmittäglichen Talk-Shows. Nachts stand sie mehrere Male auf, um auf die Toilette zu gehen. Paulmann schlief ebenfalls schlecht und wälzte sich auf der Matratze hin und her.

Paulmann war zwei Stunden weg gewesen. Als er mit den Einkäufen in die Wohnung zurückkam, merkte er, dass etwas nicht stimmte. Es war kalt. Nicht bloß kühl oder frisch, sondern richtig kalt. Als würden alle Fenster offen stehen.

Wo warst du so lange? Katarina hatte sich im Bett in Decken eingewickelt. Ein kleiner elektrischer Gebläseofen wirbelte Staub vom Boden auf.

Die Heizung ist kaputt, sagte sie.

Hast du jemanden benachrichtigt?, fragte er, sie sagte: Es geht niemand mehr ans Telefon, am Freitag um siebzehn Uhr ist Schluss.

Es gibt doch sicher, sagte er, eine Notrufnummer der Wohnbau-Gesellschaft.

Die ist dauernd besetzt.

Paulmann fummelte an der Gasetagenheizung herum, konnte sie aber nicht in Gang bringen. Der Gasherd in der Küche funktionierte noch, an der Gasleitung konnte es also nicht liegen. Er zündete die vier Kochstellen und den Backofen an, um die Küche warm zu bekommen. Den ganzen Freitagabend versuchte Katarina vergebens, telefonisch einen Notdienst zu erreichen. Bevor sie zu Bett gingen, bat sie Paulmann, den Gasherd wieder auszumachen, weil sie fürchtete, es könnte etwas passieren, während sie schliefen. Vorher brachte er ihr eine Tasse heiße Milch und schaffte alles, was irgendwie nach einer Decke aussah, ins Schlafzimmer.

War das auch Teil deiner Prognosen für diesen Winter?, sagte Katarina.

Findest du es romantisch?, fragte Paulmann, sie sagte: Nein.

Nachts wachten sie jedes Mal auf, wenn das Gebläse des elektrischen Ofens ansprang. Irgendwann zog Paulmann den Stecker raus.

Am Samstag, dem dreizehnten Februar, erwachten sie früh. Als Paulmann die Zeiger seiner Armbanduhr auf halb sechs stehen sah, wusste er, dass etwas nicht in Ordnung war. Ihre

Nasen und Ohren waren kalt. Als sie unter dem Berg von Laken und Decken hervorkrochen, schlug ihnen eisige Luft entgegen. Die alten Kastenfenster waren undicht, und an der Innenseite der Fensterscheiben hatten sich Eisblumen gebildet. Das Oberfenster der Toilette ließ sich nicht richtig schließen, das Wasser in der Kloschüssel war bereits gefroren. Paulmann gelang es, die Eisdecke mit der Klobürste zu zerstoßen, aber das Eis im Spülkasten ließ sich nicht entfernen, die Spülung war blockiert.

Mit heißem Wasser, sagte Katarina, taut die Spülung vielleicht auf.

Sie kleideten sich mit mehreren Schichten an und begannen, den Spülkasten aufzutauen und Tee zu machen. Die Küche ließ sich mit dem Gasherd und dem elektrischen Ofen einigermaßen erwärmen. Dann begann Katarina zu telefonieren und hinterließ Nachrichten auf mehreren Anrufbeantwortern, bei der Wohnungsverwaltung, beim technischen Notdienst, auf der Combox eines Mitarbeiters.

Sie warteten eine Viertelstunde auf einen Rückruf.

Ausgerechnet am Wochenende muss uns das passieren, sagte Paulmann.

So kann das nicht weitergehen, sagte Katarina und wählte die Nummer einer Heizungsfirma. Die Frau am Telefon versprach, dass am Nachmittag jemand kommen würde. In der Stadt wäre im Augenblick der Teufel los, eingefrorene Wasserleitungen, defekte Heizungen, ihre Installateure wären alle unterwegs und machten seit Tagen Überstunden.

Im innersten Kreis der Hölle herrscht tiefer Frost, sagte Paulmann und zog los, einen zweiten, stärkeren Elektroofen zu kaufen.

Valentinstag, las er in den Schaufenstern. Morgen ist der vierzehnte Februar, der Tag der Blumen, der Tag der Verliebten. Überall hingen rote Pappherzen von der Decke.

Katarina wird sich über die Blumen freuen, dachte er und kaufte einen Strauß gelber Tulpen.

Als Paulmann eine Stunde später mit dem Blumenstrauß und dem neuen Ofen zurückkam, saß Katarina mit Mantel und Schuhen in der Küche. Die seit Wochen gepackte Tasche stand bereit.

Meine Fruchtblase ist geplatzt, sagte sie.

Katarina hatte sich etwas aus dem Kühlschrank nehmen wollen, als sie plötzlich spürte, dass ihre Strumpfhose nass wurde. Im ersten Augenblick verstand sie nicht, was geschehen war. Es fühlte sich an, als würde sich die Wärme aus ihrem Bauch nach unten ausbreiten. Sie blickte an sich herunter, sah ihre nassen Oberschenkel und begriff, dass es Fruchtwasser war. Obwohl der Geburtstermin erst in fünf Wochen sein würde, blieb sie ruhig. Sie war auf alles vorbereitet. Zuerst rief sie die Hebamme im Geburtshaus an und wollte ihre Ankunft mitteilen. Die Hebamme weigerte sich jedoch, sie aufzunehmen, und empfahl ihr, sich ins Krankenhaus zu begeben.

Eine Erstgeburt in deinem Alter, sagte sie vorwurfsvoll, und dann auch noch fünf Wochen zu früh, das ist zu riskant für uns.

Darauf zog sich Katarina um und wartete auf Paulmanns Rückkehr.

Ich werde uns ein Taxi rufen, sagte er.

Katarina wollte zu Fuß gehen. Bis zum Krankenhaus waren es bloß zehn Minuten. Wer weiß, wann ich wieder spazieren gehen kann, sagte sie.

Das ist keine gute Idee, sagte Paulmann, die Gehsteige sind völlig vereist; man kann kaum gehen.

Sie willigte ein, er rief ein Taxi, dann warteten sie.

Was wird nun geschehen?, fragte er und blickte auf seine Armbanduhr. Es war elf Uhr dreißig.

Sie werden die Geburt mit Medikamenten einleiten, nahm Katarina an. Sie ließ Wasser in eine Vase laufen und stellte die Tulpen auf den Küchentisch.

Paulmann fiel ein, dass er einen zweiten Elektroofen geholt hatte. Er brachte beide Heizlüfter in die Küche und schloss sie an. Ein warmer Wind wehte durch den Raum. Nach wenigen Sekunden gingen beide Öfen gleichzeitig aus.

Was ist denn jetzt schon wieder los, sagte Katarina, Paulmann antwortete: Das waren die Sicherungen, hast du welche?

Draußen auf der Straße hupte das Taxi.

Katarina sagte: Wir müssen los.

Paulmann machte den Gasherd aus, bevor sie die Wohnung verließen, und schloss die Tür hinter sich ab.

Der Taxifahrer nahm den etwas längeren, aber einfacheren Weg über die Frankfurter Allee. Sie saßen auf der Rückbank und blickten konzentriert nach vorn.

Wir haben noch nicht mal einen Namen, sagte Katarina.

Während der Fahrt schweiften Paulmanns Augen über feingliedrige Schaufensterpuppen, welche bereits die Farben des Frühlings präsentierten, dann, kurz bevor das Taxi in die Einfahrt zum Krankenhaus einbog, über ein Firmenschild mit silbergrauem Kreuz und Palmenzweig.

War es pietätlos oder praktisch, dass sich Bestattungsunternehmen ausgerechnet vor Krankenhäusern niederließen? Es war nicht der richtige Augenblick, darüber eine Bemerkung zu machen, also schwieg er.

Auf dem Wendeplatz vor dem Krankenhaus geriet das Taxi leicht ins Schlingern. Als sie ausstiegen, wünschte ihnen der Fahrer viel Glück. Katarina machte einen konzentrierten und gefassten Eindruck, als sie auf den Eingang zuging. Paulmann trug ihr die Kliniktasche hinterher.

In der Eingangshalle nahm eine Frau Katarinas Versicherungskarte entgegen und las sie in den Computer ein. Dann erklärte sie den Weg in die Geburtenabteilung, bestand aber darauf, dass Paulmann Katarina in einem Rollstuhl dorthin schob.

Sie hätten einen Krankenwagen rufen sollen, fügte sie hinzu, und kein Taxi.

Es war Katarina anzusehen, dass sie es nicht für nötig hielt, trotzdem setzte sie sich in den Rollstuhl, den die Frau mit einer Hand um den Tresen herum nach vorn bugsiert hatte. Paulmann fasste zögernd die ergonomisch geformten grauen Handgriffe. Den langen Flur nach hinten zum Aufzug bemühte er sich, in gerader Linie zu fahren und nicht mit dem rollenden Bett zusammenzustoßen, das ihnen ein Pfleger entgegenschob. Mit ausgestreckten Armen hielt Katarina ihre Tasche vor ihrem Bauch auf den Knien fest.

Als sie in der dritten Etage aus dem Aufzug traten, kam ihnen eine Stationsschwester entgegen. Ariane, las Paulmann auf dem Namensschild an ihrem Kittel. Sie schien bereits informiert und fragte nach den Wehen. Katarina hatte keine. Die Frau führte sie in einen Umkleideraum, nahm den Mutterpass entgegen und wies ihnen zwei Stahlschränke zu.

Sie haben Glück, sagte Schwester Ariane, bevor sie die beiden allein ließ, im Augenblick sind Sie die Einzigen auf der Station.

Katarina zog sich aus und hängte sich eins der blassgrünen Nachthemden um, die am Rücken offen waren, und schlüpfte in ihren Bademantel und in die Badelatschen. Paulmann tauschte seine privaten Kleider gegen die Krankenhauskluft, blassgrünes Hemd und Hose, und streifte Plastikhüllen, ebenfalls blassgrün, über die Schuhe. Dann schlossen sie die Garderobenschränke, banden sich gegenseitig das Bändchen mit dem Schlüssel um das Handgelenk und gingen in den Flur hinaus.

Um zwölf Uhr zehn verglich Paulmann seine Armbanduhr mit der Uhr an der Wand. Sie wurden von der Schwester abgeholt und in einen großzügigen hellen Raum mit Bett und verschiedenen verkabelten Geräten geführt. An der geschwungenen Wand ein Waschbecken, auf dem Boden Turnmatten, ein dunkelgrüner Gymnastikball, neben dem Fenster eine hölzerne Sprossenwand. Das zusammengeknotete Tuch, das über dem Bett von der Decke hing, erinnerte Paulmann an die zurückgelassene Fluchthilfe eines Sträflings.

Ihr Geburtszimmer, sagte Schwester Ariane.

Eine ältere Frau trat herein, grauer Bürstenschnitt, den Mutterpass in der Hand, und stellte sich als ihre Hebamme vor.

Regine, sagte sie. Wir werden gleich mit den Untersuchungen anfangen. Haben Sie bereits Wehen verspürt?

Katarina schüttelte den Kopf.

Paulmann wusste nicht, ob das ein gutes oder ein schlechtes Zeichen war.

Was schätzen Sie, wie groß ist die Menge Fruchtwasser, die ausgetreten ist?

Ein Liter vielleicht?

Ich bin bald wieder bei Ihnen, sagte die Hebamme und bat sie, die Formulare auszufüllen, die sie mitgebracht hatte. Nun machen Sie es sich erst einmal bequem, sagte sie, wies auf die Medienanlage und ging hinaus.

Die CD, sagte Katarina, als sie die Anlage sah, ich habe meine Musik vergessen.

Ich kann sie später holen, sagte er.

Schwester Ariane zeigte ihnen Toilette, Bad und Dusche im angrenzenden Raum und ließ sie dann ebenfalls allein.

Sie füllten gemeinsam die Fragebogen aus, beantworteten Fragen nach Gebrechen, Drogenkonsum, Allergien und genetischen Defekten in der Verwandtschaft und setzten ihre Unterschriften darunter.

Und jetzt?, fragte Paulmann und blickte auf die Uhr, ohne die Zeit wirklich wahrzunehmen.

Warten, sagte Katarina.

Nach einer Viertelstunde kam Schwester Ariane wieder ins Zimmer und fragte, ob jemand Tee wolle. Katarina hatte Hunger.

Essen ist schlecht, sagte Schwester Ariane.

Dann nehme ich den Tee, sagte Katarina.

Sie lag auf dem Bett und wartete. Paulmann saß auf dem Hocker und wartete ebenfalls.

Alles in Ordnung?, fragte er, Katarina versuchte zu lächeln.

Erneut kam die Hebamme herein, lauschte mit dem Stethoskop in Katarinas Innerem und begann anschließend, sie zu vermessen: Gewicht, Bauchumfang, Blutdruck, Puls, Temperatur – und die ermittelten Werte in die Tabelle auf dem Klemmbrett zu notieren.

Ariane brachte den Tee ins Zimmer und nahm Katarina Blut ab.

Die Hebamme teilte ihr mit, dass die Entwicklung des Kindes kein Problem für eine Geburt darstellen würde. Ob auch Katarina für eine Geburt bereit war, würde der Arzt nachher durch eine vaginale Untersuchung abklären.

Paulmann trank Tee, um sich zu beschäftigen.

Um dreizehn Uhr musste Katarina ins Untersuchungszimmer hinüberwechseln. Paulmann ging mit. Katarina setzte sich auf den gynäkologischen Sessel und legte die Beine auf die Stützen. Paulmann sah von der Seite, wie der Arzt mit einem Instrument zwischen ihre Beine ging. An Katarinas Gesichtsausdruck konnte er erkennen, dass der Arzt das Instrument in die Scheide einführte. Als er die Untersuchung abgeschlossen hatte, nahm er den Mundschutz vom Gesicht und sagte, dass Katarina von einer spontanen Geburt weit entfernt sei.

Ich kann an Ihrem Muttermund keinerlei Geburtsbereitschaft erkennen. Damit Ihr Körper sich langsam darauf einzustellen beginnt, werde ich Ihnen ein harmloses Wehenmittel geben, sagte er und befestigte seinen Mundschutz wieder vor dem Gesicht. Schwester Ariane reichte ihm das Zäpfchen, der Arzt pulte es aus der Verpackung, dann verschwand seine Hand wieder zwischen ihren Beinen.

Katarina blickte zu Paulmann hinüber. Er wollte ihr etwas Aufmunterndes sagen, aber es fiel ihm nichts ein.

Nach der Untersuchung legte sich Katarina im Geburtszimmer wieder hin. Die Hebamme rollte einen Apparat an ihr Bett, den Paulmann schon bei der Frauenärztin gesehen hatte. Mit einem Gurt befestigte die Hebamme die zwei Messköpfe des Cardiotokographen an Katarinas Bauch. Eine halbe Stunde lang wurden Wehentätigkeit und Herzfrequenz des Kindes gemessen und vom Wehenschreiber aufgezeichnet. Paulmann saß davor und beobachtete die beiden Nadeln, die über das Millimeterpapier zuckten und zwei unterschiedliche wellenförmige Landschaften schraffierten. Das Gerät erinnerte ihn an den Barographen, der in der Meteorologie benutzt wurde, wenn da nicht aus dem Lautsprecher ein schneller Herzschlag zu hören gewesen wäre –

Am Nachmittag verließ Paulmann die Station durch die Schleuse mit den Garderobenschränken, verwandelte sich vom blassgrünen Patienten in einen Alltagsmenschen zurück und fuhr mit dem Aufzug ins Erdgeschoss hinunter, um in der Cafeteria einen Kaffee zu trinken. Katarina wollte, dass er ihr einen Schokoriegel mitbrachte. Der Wehenschreiber hatte nichts Außergewöhnliches aufgezeichnet, keine Wehentätigkeit, regelmäßige Herzschläge.

Es war Samstag und das Krankenhaus voll mit Besuchern. An der Theke der Cafeteria holte er sich einen Milchkaffee und setzte sich an den einzigen freien Tisch. Die Patienten saßen in Bademänteln neben ihren Angehörigen, die ihre Kleider auf den freien Stühlen abgelegt hatten, Mäntel, Schals, Wollmützen, Handschuhe. Paulmann lauschte ihren Gesprächen, in denen es um Krankheiten oder das Wetter ging.

Nach einer halben Stunde wurde er unruhig, fuhr mit dem Aufzug wieder hoch und kleidete sich in der Schleuse um. Im Geburtszimmer lief Musik aus dem Radio, Katarina lag auf dem Bett und hatte die Augen geschlossen, als ob sie schlafen würde.

Hast du vergessen, fragte sie, was du mir bringen solltest?

Paulmann zauberte zwei Schokoriegel hinter seinem Rücken hervor.

Es wird alles gut gehen, sagte er, die Statistik ist auf unserer Seite.

Katarina war dabei, die Schokolade aufzuessen, als Schwester Ariane wieder ins Zimmer kam. Sie sah Katarina kauen und rügte sie: Das war keine gute Idee. Wir müssen mit dem Essen zurückhaltend sein, erklärte die Schwester, weil es immer möglich ist, dass eine Narkose notwendig ist, und die verträgt sich äußerst schlecht mit einem vollen Magen.

Katarina schluckte und legte die Cellophanhülle des Schokoriegels auf das Tischchen neben dem Bett.

Am Nachmittag hörten sie Musik, lasen, spazierten im Zimmer herum und warteten auf Wehen. Sie lernten eine neue Krankenschwester kennen, die Schwester Ariane ablöste. Jede Stunde kam sie ins Zimmer, um nach Katarinas Befinden zu fragen und ihren Puls, den Blutdruck und die Temperatur zu messen. Katarina wurde mehrmals an den Wehenschreiber angeschlossen. Das Resultat war immer dasselbe, gleichzeitig beruhigend und enttäuschend. Nichts ging voran. Katarina wirkte müde.

Spürst du etwas?, fragte Paulmann.

Katarina zuckte mit den Achseln.

Die Herztöne sind in Ordnung, stellte die Hebamme fest. Draußen wurde es dunkel. Katarina durfte etwas Tee trinken.

Am Abend erklärte ihnen ein neuer Stationsarzt, dass sie erst einmal die Nacht verstreichen lassen wollten und morgen versuchen würden, mit einem anderen Medikament die Wehen auszulösen. Es bestehe keinerlei Grund zur Besorgnis, die Werte seien in Ordnung.

Sie bekamen jeder eine Brühe mit Ei, Paulmann außerdem ein Brötchen und ein paar Scheiben Wurst dazu. Sein Scherz, dass sich der Klinikaufenthalt durchaus lohnen würde, brachte sie nicht zum Lachen.

Paulmann legte sich auf das Klappbett, das ins Geburtszimmer gebracht wurde. In der Nacht wurde er geweckt.

Im Zimmer nebenan stöhnte eine Frau. Katarina wachte ebenfalls auf. Nach drei Stunden war die Geburt hinter der Wand vorbei.

Ein Junge, sagte die Schwester, als sie beim Kontrollgang zu ihnen ins Zimmer kam.

Am frühen Sonntagmorgen, als es auf der Abteilung endlich ruhig war, wurden Katarina und Paulmann von der Krankenhausroutine daran gehindert, nochmals einzuschlafen. Schwester Ariane hatte die Nachtschwester abgelöst und war wieder im Dienst.

Valentinstag, dachte Paulmann und erinnerte sich an den Strauß gelber Tulpen, der auf dem Küchentisch stand. Die Heizung war seit Freitagnachmittag kaputt. Paulmann nahm sein Frühstück auf dem Flur ein. Katarina musste sich wieder mit Tee begnügen.

Nach den erneuten Untersuchungen wurde Katarina eine Infusion mit einem stärkeren Wehenmittel gelegt. Sie konnte damit im Zimmer herumgehen, wenn sie die umgedrehte Flasche am Rollgestell neben sich herschob.

Kann ich etwas tun?, fragte Paulmann, sie verzog das Gesicht und schüttelte den Kopf.

Katarina legte sich wieder ins Bett, die Sensoren des Wehenschreibers umgeschnallt, und wurde immer verzagter. Ein Monument der Hilflosigkeit, saß Paulmann am Rand des Bettes und hielt ihre Hand.

Im Laufe des Vormittags setzten die Wehen ein, zuerst im Abstand von dreißig Minuten, dann immer häufiger.

Der erste Stationsarzt kam wieder ins Zimmer und kontrollierte das CTG und den Muttermund.

Ihre Werte sind noch in Ordnung, sagte er, aber Ihr Muttermund öffnet sich nicht. Es muss nun vorangehen. Ich werde die Dosis des Wehenmittels erhöhen. Wenn die

Schmerzen zu stark sind und Sie es wünschen, können wir Ihnen etwas dagegen verabreichen.

Katarina schüttelte den Kopf.

Die Hebamme, die kurz nach ihm ins Zimmer kam, als hätte sie bloß darauf gewartet, dass er weg war, stellte das Vorgehen des Arztes in Frage.

Es ist sinnlos, sagte sie, mit Gewalt ist hier nichts zu erreichen. Die Wehen werden daran auch nichts ändern. Bei Ihrem Muskeltonus kann es noch Tage dauern, bis Sie für eine Geburt bereit sind.

Paulmanns Versuche, Katarina mit Dingen zu helfen, die er vom Geburtsvorbereitungskurs in Erinnerung hatte, erwiesen sich als hilflose Gesten. Kalte Lappen auf die Stirn legen, Hände halten, vorlesen.

Katarinas Gesicht war gerötet und aufgedunsen.

Am Nachmittag ging Paulmann zur Toilette und anschließend ins Erdgeschoss hinunter. In der Cafeteria saß ein alter Mann mit einem Infusionsgestell, an seinem Tisch eine Frau und zwei halbwüchsige Jungen. Die Kinder zankten sich, wagten es aber nicht, dabei laut zu werden. Der Bademantel des Alten klaffte auseinander, die Hände, die er auf seine dürren Beine gelegt hatte, zitterten. Paulmann dachte an Katarina, an die Geburt, die nicht weitergehen wollte, an das Kind in ihrem Bauch. So viel Aufwand, Angst und Aufregung, um es auf die Welt zu bringen, und so schnell würde es dort angekommen sein, wo der alte Mann jetzt saß. Als wäre das Leben eine Rutschbahn, die der Mensch, kaum hat er sich hingesetzt, schon hinuntergebraust ist –

Paulmann betrachtete den synthetischen Bodenbelag, der aussah wie Granit. Die Tapete, als wäre sie gewebt. Alles wies kleine Mängel auf. Auf der Tischplatte waren

Wasserringe zu sehen. Das Furnier war an der Ecke abgebrochen. Der Boden wellte sich. Die Tapete war oberhalb der Fußleiste schlecht verklebt. Die banalen Dinge quälten Paulmann. Als wären diese kleinen Fehler schuld an allem, was nicht so war, wie es sein sollte. Er wandte den Kopf zur Seite und sah einen kleinen weißen Farbspritzer auf dem Fenstersims, der nach den Malerarbeiten nie entfernt worden war. Überall auf der Welt gab es solche unbedeutende Ecken, belanglos und banal, gleichzeitig hatten sie ein unermessliches Gewicht. Sie waren dermaßen unwichtig, dass nichts ihnen etwas anhaben konnte.

Paulmann stand vom Stuhl auf, ging zum Fenstersims und kratzte mit dem Fingernagel den weißen Farbspritzer weg. Der abgemagerte alte Mann beobachtete ihn dabei.

Paulmann machte sich auf den Weg nach oben. Als die Türen des Aufzugs zur Seite glitten, ging er den Flur nach hinten, bog ab, suchte den Eingang zur Garderobenschleuse und stutzte, als er ihn nicht fand. Er blickte sich um und stellte fest, dass der Tisch mit den Teekannen und dem Geschirr nicht mehr da stand, wo er vor einer halben Stunde noch gestanden hatte. Paulmann war müde und verwirrt. Er machte kehrt, bog in die andere Richtung ein und sah, dass nun auch der Aufzug verschwunden war. Er bemerkte das Fehlen von Tageslicht und folgerte daraus, dass er sich im Keller des Krankenhauses verirrt hatte. Er war auf der falschen Etage ausgestiegen. Im Keller eines Krankenhauses befand sich die Pathologie, glaubte er zu wissen, deshalb roch es auch so eigenartig. Er eilte den Flur entlang, vorbei an Türen, die er nicht aufzudrücken wagte, und kam in einen leeren Raum. Von irgendwoher vernahm er Schritte und Stimmen. Paulmann blieb stehen und wartete. Die Schritte näherten sich, die Stimmen wurden lauter, dann ging eine der Türen auf, und zwei Frauen kamen herein, blassblau gekleidet, und sahen ihn erstaunt an.

Tut mir leid, sagte er, ich bin wohl in der falschen Etage gelandet.

Hier unten kann man sich leicht verirren, sagte eine von ihnen, als sie lächelnd näher kamen. Er las die Namensschilder an ihren Kitteln: Tina und Heide.

Solch netten Besuch, sagte Tina, haben wir in der Wäscherei nicht oft.

Sie waschen die Wäsche, fragte Paulmann, vom Krankenhaus?

Wir waschen die Wäsche, sagte Heide lachend, das ist richtig. Und Sie sind Patient?

Besucher, sagte er.

Wir freuen uns immer über eine Abwechslung, sagte Heide.

Paulmann fragte nach dem Aufzug.

Ich zeige Ihnen den Weg, sagte Tina und ging voraus.

Heide verschwand mit einem Augenzwinkern durch eine Tür.

Die Frau, die Tina hieß, ging vor ihm her, und Paulmann folgte ihrem wiegenden Gang. Als sie vor dem Aufzug standen, drehte sie sich um und sagte: War nett mit Ihnen.

Im Aufzug lehnte sich Paulmann an die Wand, schloss die Augen und rieb sich mit den Fingern die Stirn glatt, als ob er Gedanken zum Verschwinden bringen wollte.

Katarina war nicht mehr im Geburtszimmer. Paulmann hörte im Bad das Wasser rauschen und ging hinüber. Sie stand neben der Dusche, leicht gebeugt, nackt und nass, mit ihrem gewaltigen Bauch. Sie hielt sich am Infusionsständer fest und zitterte, als hätte sie Schüttelfrost. Ihr ganzer Körper fing an zu schlottern, als würde sie von einem inneren

Beben erfasst. Schluchzend stand sie zwischen den weiß gefliesten Wänden, während Paulmann ihr das Handtuch über die Schultern legte und sie abtrocknete. Dann führte er sie, die Infusion nebenherschiebend, zurück ins Zimmer.

Wir werden das Wehenmedikament wieder absetzen, sagte ein neuer Arzt, der vorbeikam. Solange die Werte in Ordnung sind, haben wir keinen Grund zur Eile. Heute Nacht wird nichts passieren, sagte er zu Paulmann gewandt, an Ihrer Stelle würde ich nach Hause gehen. Dann sind Sie wenigstens ausgeruht, wenn es losgeht. Und falls sich in der Nacht trotzdem etwas ereignen sollte, wovon ich nicht ausgehe, würden wir Sie benachrichtigen.

Paulmann blieb unschlüssig stehen.

Geh nach Hause, sagte Katarina zu Paulmann, und kümmere dich um die Heizung.

Es war Sonntagabend, kurz vor zweiundzwanzig Uhr. Er hatte keine Ahnung, was er wegen der Heizung unternehmen sollte.

Er ging in die Schleuse, zog die blassgrünen Sachen aus und schlüpfte in seine Wintersachen. Dann verließ er das Krankenhaus, ging zu Fuß die Einfahrt hinunter und bog in die Straße ein.

Es ist Mitternacht. Valentin ist vorbei. Paulmann sitzt in der Küche, mit Mantel und Mütze bekleidet, eine Wolldecke um die Beine geschlungen. Auf dem Tisch flackern die Teelichter, und hinter seinem Rücken fauchen die Flammen des Gasherds und werfen ihr gespenstisch blaues Licht an die Wände.

Die Mineralwasserflasche ist geborsten beim Versuch, sie aufzutauen. Der Kochtopf mit den Scherben steht in der Spüle.

Die gefrorenen Tulpenblüten fühlen sich an wie dünnes Glas. Sie sehen immer noch schön aus. Wenn sie auftauen, werden sie innerhalb von Minuten welken.

Der Sturm, der ihr Leben durcheinander brachte, erreicht seinen Höhepunkt. Vielleicht noch in dieser Nacht, vielleicht erst morgen.

Er weiß nicht, wie es ausgehen wird.

Das Leben lässt sich nicht vorhersehen.

Katarina war eine Zufallsbekanntschaft. Sie hatten sich aufgrund einer Verwechslung kennen gelernt. Vor acht Monaten waren sie einander im Kinofoyer zum ersten Mal begegnet. Nicht einmal neun Monate sollten es werden. Aber es war ihre gemeinsame Geschichte. Vielleicht ist es das, was zählt, jenseits aller kitschigen Vorstellungen von Liebe: ihre gemeinsame Geschichte, die sie einander nähergebracht hatte.

Paulmann betrachtet die Linien der Holzmaserung auf dem Küchentisch. Er umkreist mit der Fingerspitze die dunklen Flecken zweier Äste. Sie blicken ihn an wie Augen. Es sind schmale, schräg gestellte Augen. Wenn Katarina lacht, klingt es gleichzeitig vergnügt und angriffslustig. Die glucksenden Töne rücken die Welt wie mit Zauberkraft wieder in Ordnung. Trotz ihres forschen Auftretens, ihrer schnellen und scharfen Kritik an allem, was ihr nicht passt, strahlt sie etwas Mädchenhaftes aus. Wahrscheinlich hat jeder Mann etwas anderes, was ihn bei einer Frau entzückt – lange Beine, kurze Röcke, seidene Dessous, blonder Flaum auf sonnengebräunter Haut. An Katarina gefällt ihm vor allem ihr frecher und herausfordernder Blick, mit dem sie ihn durch den schwarzen Rahmen ihrer Brille fixiert.

Eines der Teelichter auf dem Tisch ist erloschen. Ein dünner Rauchfaden steigt vom Docht auf.

Plötzlich hat Paulmann eine Idee.

Er zerrt die Wolldecke von den Beinen, holt auf dem Flur die defekte Sicherung und wühlt in den Schubladen der Küche, bis er findet, wonach er gesucht hat: Alufolie! Er umwickelt die Sicherung mit Folie und schraubt sie in die Fassung, worauf schlagartig das Licht angeht, die Heizlüfter zu blasen beginnen und das rote Kontrolllämpchen des Durchlauferhitzers aufleuchtet. In der ganzen Wohnung geht das Licht an, und alles beginnt zu summen und zu brummen. Paulmann fährt den Rechner im Pflanzenzimmer hoch, klickt Dateien an, öffnet Tabellen, zählt Kältepunkte zusammen und beginnt seinen Beitrag zu schreiben:

Seit Beginn der Wetteraufzeichnungen –

Als das Telefon in der Hosentasche vibriert, zuckt er zusammen. Es ist halb zwei Uhr nachts. Er holt es heraus und drückt die Empfangstaste.

Sie sollten vorbeikommen, sagt die Krankenschwester, jetzt gleich.

Paulmann geht zu Fuß ins Krankenhaus. Er läuft am Rand der glatten Fahrbahn entlang. Der kalte Wind ist wie eine scharfe Messerklinge, die ihm über das Gesicht fährt.

Auf der Station beeilt er sich, aus den vielen Kleidern zu kommen und die blassgrünen Krankenhaussachen anzuziehen.

Katarina sieht noch schlechter aus als am Abend. Erschöpft und fiebrig. Als Paulmann ins Zimmer kommt, liegt sie im Bett und ist an den Wehenschreiber angeschlossen. Die Nadeln zeichnen eine bergige Landschaft auf das Papier.

Der Druck auf den Kopf des Kindes wird zu groß, sagt der Arzt, der den Papierstreifen des CTG kontrolliert. Die Werte sind zu schlecht geworden, es wäre verantwortungslos, weiter abzuwarten. Wir müssen etwas tun.

Was heißt das?, fragt Paulmann, der Arzt sagt: Sectio.

Seien Sie froh, sagt die Hebamme, bald ist es vorüber. Der Narkosearzt wird gleich kommen.

Alle Anstrengungen scheinen für nichts gewesen zu sein. Katarina weint. Sie tut Paulmann leid.

Die Schwester entfernt die Sensoren des CTG.

Der Narkosearzt kommt ins Zimmer, stellt einige Fragen und kreuzt die Antworten auf einer Liste an.

Katarina muss in ein anderes Bett umsteigen, erhält eine vorbereitende Spritze und wird gleichzeitig rasiert und desinfiziert. Kurze Zeit später wird ihr Bett in den OP geschoben. Die Schwester hält Paulmann im Vorraum zurück und bittet ihn zu warten.

Es wird nicht lange dauern, sagt sie.

Durch die obere Hälfte der Trennscheibe, die nicht vom Vorhang abgedeckt ist, betrachtet er die großen runden Lampen an der Decke des Operationssaals.

Kaum hat er sich damit abgefunden, für längere Zeit

warten zu müssen, hört Paulmann ein seltsames Quäken, dann geht die Tür auf, und die Schwester bittet ihn hinein. Katarina ist mit einem Laken zugedeckt und blickt ihn an wie betrunken, die Lider halb geschlossen.

Auf einem Rollwagen liegt eine Schale aus Edelstahl, und auf der Schale, wie ein aus der Erde gestemmter Wurm, ein winziges schrumpliges bläuliches Wesen. Mit geschlossenen Augen und verkniffenen Gesichtszügen liegt es auf dem Rücken. Die abgeschnittene Nabelschnur ragt als dicker Strunk aus seinem Bauch.

Wenn Sie möchten, sagt die Krankenschwester, können Sie Ihr Kind nun baden. Bis die Mutter wieder wach ist, wird es noch etwas dauern, sagt sie und zieht den Wagen in einen Nebenraum. Auf einem Gestell steht eine mit Wasser gefüllte Wanne. Die Schwester schiebt beide Hände unter den kleinen Körper und zeigt Paulmann, wie er ihn halten und hochheben soll. Dann sieht sie die schwarze Fingerhülle an seiner Hand und sagt: Wenn Sie verletzt sind, kann ich das natürlich für Sie tun.

Das ist verheilt, sagt Paulmann, streift die mit Watte ausgepolsterte Hülle vom Stummel seines Fingers und steckt sie in die Hosentasche. Dann schiebt er seine Hände unter den winzigen Körper, wie sie es ihm gezeigt hat, hebt ihn hoch und lässt ihn so weit eintauchen, dass der Kopf über Wasser bleibt.

Ich lasse Sie jetzt allein, sagt die Schwester, während sie zur Tür geht, wenn etwas ist, womit Sie nicht fertig werden, rufen Sie mich einfach.

Sie geht hinaus, dann ist er mit dem Kind allein.

Na?, sagt er mit seltsam hoher Stimme.

Das neugeborene Wesen beginnt, abwechselnd die Arme und Beine zu bewegen. Paulmann staunt, wie muskulös und stramm sich der kleine Körper in seinen Händen anfühlt.

Es tut mir leid, sagt er.

Während ihm die Worte zögernd über die Lippen kommen, sieht es aus, als würde das Neugeborene seinen Kopf, das verkniffene kleine Gesicht mit den geschlossenen Augen, lauschend in die Richtung drehen, aus der Paulmanns Stimme ertönt.

Der Autor dankt der Schweizer Kulturstiftung
PRO HELVETIA für die Unterstützung dieser Arbeit
und der INTERNATIONAL WRITERS COLONY
im LEDIG HOUSE in Ghent, New York,
für ihre Gastfreundschaft.